私、旅人ですので
I'm a traveler.
灰の魔女イレイナ
魔法使い最高位「魔女」の
称号を持つ少女。
勝手気ままに一人旅を続けている。

THE JOURNEY OF ELAINA

CHARACTER

エメリ

ダークエルフ。ある目的のために旅をしている。

ヘンリク

退魔師の好青年。様々な道具を用いて悪魔を払う。

サリオ
スクープ写真を狙っている
魔導士の女性。
ルチル
謎の富豪に連れられた、
けして笑わない少女。

わたしはお姉ちゃんの
袖を引きつつ、道を進みます。
結構風情ある街並みね
よそ見していると危ないですよ

みゃあ
とてもよい毛並みをしていますね……
心地よさそうに鳴く小さな生き物は
ごろごろと喉を鳴らしていました。
丸々としていなければ本当にただのネコのよう。

魔女の旅々 12

THE JOURNEY OF ELAINA

CONTENTS

魔女の旅々

THE JOURNEY OF ELAINA

12

Shiraishi Jougi
白石定規

Illustrarion
あずーる

第一章 とある旅人の話

彼女はページをめくります。

髪《かみ》は灰色《はいいろ》。瞳《ひとみ》は瑠璃色《るりいろ》。黒の三角帽子《ぼうし》と黒のローブを着込む彼女の胸元には、星をかたどったブローチがひとつ。魔法使いの最高位、魔女であることを示《しめ》すブローチです。

彼女は魔女であり、そして旅人でもありました。

朝起きる時間も自由。寝る時間も自由。国から国へとふらふらさまよいながら、彼女は日々を過ごしています。

本日もそんな自由な一日が、始まったばかりでした。

「…………」

喫茶店《きっさてん》のテラス席。

彼女は本から顔を上げて、ふと辺《あた》りを見渡します。

まだ街は目覚めたばかりだからでしょうか。昇ったばかりの陽射《ひざ》しのもと、通りをゆく人の数はまばらで、静かで、穏《おだ》やかな空気が流れるばかり。

耳を澄《す》ましてみれば、近くの席にウェイトレスがカップを置いた音が響《ひび》きます。遅れてコーヒーの香りが仄《ほの》かに彼女の傍《そば》を流れていきました。彼女はちょうどそのとき自《みずか》らのコーヒーがすっかり

THE JOURNEY OF ELAINA

冷めて、カップの中にほとんど残っていないことを思い出しました。

おやおやと思いながら彼女は残りを飲み干し、ウェイトレスを呼び、おかわりを注文しました。

そしてそれからまた彼女は視線を落とし、物語の続きを読み始めます。

せっかく見知らぬ国にいるのですから、その国でしか味わえないような料理を楽しんでおくべきなのかもしれませんし、観光名所を慌《あわ》ただしく巡《めぐ》るべきなのかもしれません。

しかし彼女は時計をちらりと見るだけ見て、本を読み終えるまで喫茶店に居座《いすわ》ることに決めました。

どうせ今日も明日も旅は続くのですから、時間はまだたっぷりあるのですから、観光名所を回るのも、特別なものを口にするのも、後回しでいいのです。

彼女はただ、今は目の前の物語に没頭《ぼっとう》していたかったのです。

ところで。

そんな風に朝からぼんやり読書を満喫《まんきつ》している旅人の魔女とは、一体誰《だれ》でしょう。

そう、私です。

そして私はまた、物語を求めて、ページをめくるのです。

第二章

好都合な種族

森に煙《けむり》が上がっているときに考えられることは二つあります。一つは火事の予兆《よちょう》。もう一つはキャラバン隊がお料理をしているだけ。

本日ふらりと訪れた場所にあったものは、後者でした。

そこにはたくさんの馬車と、人の姿がありました。

彼らは野営《やえい》の準備をなさっているようで、馬車の傍《かたわ》らにはテントを立てる人の姿があり、あるいは食料を運び、調理する人の姿があり、そして銃《じゅう》を抱えて見回る人の姿がありました——一体どれだけの大所帯《おおじょたい》なのでしょうか。テントは見える範囲だけでも十数個並び、人の数はその倍近くあるように見えました。

「…………」

見れば見るほど彼らの様子は物々しさと怪《あや》しさに満ち満ちています。

どなたも例外なく口元を布で覆《おお》い、両目は分厚《ぶあつ》い眼鏡《めがね》をかけており、服はお揃《そろ》いの長袖《ながそで》で肌《はだ》はほとんど露出《ろしゅつ》していません。男性も女性も同じ格好《かっこう》で、まるで同じ人がたくさん並んでいるように見えなくもありませんでした。

なんだかそれはとても奇妙《きみょう》な一団に見えて、ですから私は野営地の前でしばし首をかしげるに至《いた》りました。

野営地の見回りをしていた一人が私に気づいたのは、そんな折《おり》です。

「旅の者か」

男の人の声でした。「ここら一帯は危険だ。あまり近寄らないほうがいい」

おやおや。

「なにか危険なものでもあるんですか？」

「我々がいる」

なるほどどうやら物々しいのは格好だけではないようで。

「別に森の道半《なか》ばにどうしても立ち寄らなければならない理由なんてありませんので、立ち去るのは構わないのですけれど――」私は彼の後ろに見える馬車の数々を見やりました。「あなた方は何を運んでいる連隊《れんたい》さんなんですか？」

私の視線を辿《たど》るように、彼は振り返ります。

丁度《ちょうど》、馬車からは積荷が運び出されている最中でした。

とある馬車からは一つ、また一つと、積荷は自らの脚《あし》で馬車から降りていました。よろよろとした足取りで、両手を縄《なわ》で繋《つな》がれたまま。まるで死んだように虚《うつ》ろな顔で、降りていました。

とある馬車からは、担架《たんか》によって運び出されていました。

虚ろな顔が虚空《こくう》を眺《なが》めています。

同じような顔ばかりがそこにはありました。

彼はその光景をしばし見つめたあと、こちらに向き直ります。

「見たことあるかな。ダークエルフだよ」

そして彼は自らをダークエルフ狩《が》りと名乗りました。

○

エルフという種族について私が知っていることはそう多くありません。

金髪《きんぱつ》で、青い瞳《ひとみ》で、耳が少々長く、男女問わず魅力《みりょく》的かつ整った外見をしていて、不老長寿《ふろうちょうじゅ》もしくはそれに近い存在であり、寿命《じゅみょう》は数百年あるとか、もっとあるとか。そんな都合《つごう》がよく魅力的に見える特徴《とくちょう》を備えた種族をエルフと呼び、彼らは主に人里《ひとざと》離れた森の中で住んでいるといいます。

一方でダークエルフといえば、エルフの亜種《あしゅ》ないし近親種《きんしんしゅ》として知られています。

髪《かみ》は銀色で、瞳は金色。耳はやはり長く、肌は浅黒《あさぐろ》い。エルフと対《つい》をなすような色の彼らは、姿以外にはさほどエルフと差はなく、森に住んでいて、長寿命と言われています。

唯一《ゆいいつ》エルフと大きく異なる点があるとするならば、彼らがエルフに比べて迫害《はくがい》の憂《う》き目《め》に遭《あ》いやすい点でしょうか。どういうわけか人々の中にはダークエルフが悪者という印象が根付いているように感じます。

私はこれまでの人生の中で、何度かこのダークエルフという種族と遭遇《そうぐう》していますが、初めて目にしたその当時には既《すで》に、ダークエルフという種族がそのような特徴《とくちょう》を携《たずさ》えているものであるということを理解していました。

不思議なものですね。

当時はまだ、五歳になったばかりだったというのに。

「ほら、イレイナ。お母さんと手を繋いで」

初めて私がダークエルフと遭遇したその日は、ちょうど私の故郷《こきょう》でちょっとした催《もよお》しものが行われていました。

道をゆくのは本を抱えた人と人と人ばかり。通りから街の広場にかけて軒《のき》を連《つら》ねるのは即席《そくせき》で設《しつら》えられたテントの数々。そこら中から飛び交うのはやれあの本のこの展開がいいだとか、この本には度肝《どぎも》を抜かれただとか、誰それもこの本を読んで感銘《かんめい》を受けていただとか、この本は面白いから是非《ぜひ》買ってくれだとか。

本好きによる本好きのためのお祭りが行われていました。

私は母に手を引かれながら、その催しに参加していました。

「お母さん」

当時の私は母を見上げて尋《たず》ねます。「ニケの本はどこにあるの？　見当たらない」

「ん？　ニケの本？」母は微妙《びみょう》な反応をしていました。「……もう持ってるでしょ？」

「まだ欲しい」

「あら何で？」

「保存用と布教用と観賞用《かんしょう》」

「どこで覚えたのそんな言葉」

肩をすくめて笑《え》みをこぼす母は、同じ本ばかり読む私にあきれたように笑いながら、「もっといろいろな本を読みなさいな」と通りに並ぶ本を積極的に手に取って次から次へと購入しては背中のバッグに放り込んでくれました。

ニケの本が欲しいなどと言いながらも結局当時の私は新しい本の重みが肩にかかる度《たび》に多幸感《たこうかん》で満たされていきました。単純なものです。

「ほかには欲しいものはある？　イレイナ」

「ニケの冒険譚《ぼうけんたん》」

「うんそれ以外で」

「えー。じゃあ——」

言葉は絶え間なく交わり、わずかな疲労《ひろう》とありあまる幸福に包まれながら、私は母と手を繋いで、依然《いぜん》として年に一度のお祭りの中を歩いていました。

そのときでした。

「——あ」

私の視線は、とある一点に止まりました。

小さな声が漏《も》れました。

通りを行き交う人と人の群れ。その向こう、民家の壁にもたれかかって熱心に本を読んでいる一人の女性がおりました。深くフードを被《かぶ》っていても、しかし当時の私の背が小さかったからでしょうか――その綺麗《きれい》な顔ははっきりと見えました。

今でも彼女のことをよく覚えているのは、きっと彼女が見惚《みと》れるほどに綺麗な人だったからでしょう。あるいは、彼女のフードの奥に、普通の人間とは異なる部分が隠《かく》れていたからかもしれません。

「……？」

私の視線に気づき、彼女は本から顔を上げます。

金色の瞳が、私を見下ろしていました。フードの下の長い耳がそのときぴくりと揺《ゆ》れます。

そこには、ダークエルフがおりました。

「…………」

生まれて初めて目にしたダークエルフは、存外《ぞんがい》普通に街中《まちなか》に溶け込んでおり、私は驚いたことを覚えています。ダークエルフといえば人里離れた森の中で暮らしている、などと本で読んだことがありましたので。

しかし、やはりあまり注目を浴びることは好ましくないのでしょう――私と見つめあったとたんに彼女は読んでいた本をぱたりと閉じ、そして自らの人差し指を、唇《くちびる》に添えました。

口封《くちふう》じです。

彼女の存在を誰にも口外しないよう、私に約束させたのです。きっと注目を浴びることを嫌ったのでしょう。

あるいは、私の故郷でもダークエルフは嫌われ者だったのかもしれません。

だから私は彼女に頷《うなず》きました。

「どうかした？　イレイナ」

唐突《とうとつ》に立ち止まり、ぼんやりとしている私に、母は首をかしげます。

私の視線を辿って、民家の壁のほうへと視線を投げ、母はより一層怪訝《けげん》に思ったことでしょう。

そこにはダークエルフはおろか人の姿など既になかったのですから。

ダークエルフはいつの間にか、消えていました。

最初からそこには存在していなかったかのように、一瞬の幻《まぼろし》のように、夢のように消えてしまっていたのです。

私はきっと、今見たものを話しても信じてもらえないと思いました。

だから私は、首を振って、母の手を握り返すのです。

「ううん、なんでもない」

そして、再び歩き出しました。

○

幼い頃の記憶が確かならば、私がダークエルフと出会ったのは五歳の頃が初めてのことになります。

二度目は今より一か月ほど前のことです。

その日、私が旅の最中訪れたのは、街の中央にて綺麗な噴水《ふんすい》が見られる街でした。

空へと伸《の》びる水の柱が上空で花びらのように広がり咲いて、散っていきます。ぱらぱらと粒《つぶ》になって散らばる水の雫《しずく》たちは水たまりに降り注ぎ、水面を揺らしていました。

この噴水の広場はどうやら待ち合わせ場所として天気も曜日も関係なく、よく利用されているようです。私がその国を訪れた日も生憎《あいにく》の曇天《どんてん》で、平日の昼間でしたが、やはり降り注ぐ噴水の前には人と人が待ち合わせをしていました。

「やあハニー！　それじゃあ行きましょ？」それはたとえば、見るからに浮かれ切った男性と女性の姿であったり。

「約束の品は持ってきたんだろうな？」「へへへもちろんですぜ兄貴《あにき》……」もしくはちょっと怪しげな雰囲気《ふんいき》を醸《かも》し出す男達であったり。

「マジー？」「ウケるー！」「かわいいー！」あるいはどこに行くわけでもなくその場に溜《とど》まって喋《しゃべ》り倒し、あまつさえ会話の行く先すらぼんやりしている女子たちであったり。

そんな光景がごく普通に繰り広げられていました。

しかしながらこの噴水は単なる待ち合わせ場所とは異なる顔も持っているようです。

別の目的でここを訪れている者の姿もあったのです。

「……どうか主人の病気が治りますように」

ぽちゃん、と水面に硬貨《こうか》が放り投げられました。祈《いの》りの言葉とともに。

「恋が成就《じょうじゅ》しますように」「行方不明《ゆくえふめい》の友人が見つかりますように」「お金持ちになれますように」

一人、また一人と、しばらく遠巻きに噴水を観察していて気づいたのですが、時折、噴水にはそのような願いとともに硬貨を投げ入れる方が現れるのです。

色々な人が祈りを捧《ささ》げていました。男性、女性、老人、子ども問わず色々な人が、噴水に願いとともに硬貨を投げ入れます。

「どうか――ように」

その中には、幼少期にお会いしたダークエルフさんのように、深くフードを被った不思議な女性の姿もありました。

彼女たちは一体何をしておられるのでしょう？

「――おや。噴水にまつわる物語をご存じでないのですか？」

無知な私の疑問に答えてくれたのは、ちょうど噴水の前に位置する宿屋の店主さんでした。ふらりと訪れた私に「当店はこの国でもっとも幸運な宿屋です」というちょっと何が言いたいのかよく分からないご挨拶《あいさつ》とともに迎え入れてくれた店主さんに「あの噴水に硬貨を入れたら何かいいことでもあるんですか？」と尋ねたところ、そのような言葉が返ってきました。

物語。

「何ですかそれ？」

「おや本当にご存じではないのですね。今時珍《めずら》しい――」

「生憎《あいにく》、旅人なもので」噂《うわさ》話やその国独自の伝承《でんしょう》には疎《うと》いほうなのです。

店主さんは「なるほど」と頷きつつ、

「あちらの噴水は幸運の噴水と呼ばれていましてね、硬貨を投げれば願いが叶《かな》うと言われているのですよ――」

どうやら同様の質問には慣れているようで、それから用意した原稿《げんこう》を読み上げるが如《ごと》き鮮《あざ》やかさで噴水の伝説とやらを語ってくれました。


それは数十年前、まだこの国が隣国《りんごく》との戦争をしていた頃のお話。

とある女性が、兵士として戦場に赴《おもむ》いた恋人の安全を願い、噴水に硬貨を投げ入れてお祈りを捧げました。毎日毎日、女性は足しげく噴水まで通い詰めては、硬貨を投げ入れました。いくら国が荒れ果てようとも、生活に余裕《よゆう》がなくなろうとも、男性の安全を願い、彼女は毎日、硬貨を投げては祈りました。

硬貨が盗《ぬす》まれても、噴水から水が出なくなっても、彼女は硬貨を投げ入れ続けました。

彼女の習慣は周囲から見れば異質《いしつ》そのもので、やがて街の住民のひとりは彼女の肩を叩《たた》きました。

「あんた、そんなに金に余裕があんなら俺に恵《めぐ》んでくれよ」

当時は物資にも余裕がなく、誰もが懐《ふところ》の寂《さび》しい時代。彼女の行いは傍目《はため》に観ればただの無駄遣《むだづか》い。

彼女自身が自らの生活費をぎりぎりまで切り崩《くず》して噴水に通っていることなど、誰にも分からなかったのです。他人に恵むだけのお金など、本当は彼女にだってありませんでした。

「ええもちろん。構いませんわ」

しかし彼女は、肩を叩いてきた男性にお金を差し上げました。

その翌日も、また翌日も、彼女が噴水を訪れる度に、男やその友人、あるいは家族が集まってきては、お金を無心《むしん》するようになりました。

誰かが服を欲しがれば服を持ってきてあげました。誰かがパンを求めれば、パンをあげました。お薬を求める者がいれば、お薬を分けてあげました。彼女はあまりにも多くのものを、無償《むしょう》で街の人々に分け与えました。

「どうしてこんなにも多くのものを分け与えてくださるのですか？」

ある日、いつものように噴水に硬貨を投げに来た彼女に、住民の一人が尋ねました。

一体そのような行いに何の見返りがあるというのでしょう？

彼女は答えます。

「私は恋人と――彼と再び会えればそれでよいのです。ほかには何もいりません」

笑みを浮かべながら、答えます。

「捧げた祈りも、誰かに対して与えた恵みも、巡《めぐ》り巡ってきっといつか私に祝福をもたらしてくれると信じているのです」

彼女はそれからも毎日、祈り続けました。慈悲《じひ》の心で街の人々に希望を分け与え続けながら、祈り続けました。

恋人が帰ってくるその日まで、ずっと。

「――という物語の舞台になったのがあちらの噴水です」

以上。と話を終える宿屋の店主さん。やりきった感のある満足気な表情で「いかがでしたか？」と私にお伺《うかが》いをひとつ。

いかがでしたか？　と言われましても。

「なんだかろくでもない話でしたね……」

結局街の住民は女性に物と金を無心しただけですし、女性も女性で壊《こわ》れたようにじゃぶじゃぶお金をつぎ込んでいますし。都合のよい解釈《かいしゃく》で美談《びだん》になっているみたいですけれども。

「何を言いますか！　この女性のおかげで多くの人が助けられているのですよ？　街の住民は女性のおかげで生きる活力を得て、戦場の後方支援《こうほうしえん》に回ることができるようになったのです。彼女に救われた男性の一人はその後、戦場で彼女の恋人を救うという熱い展開さえあるんですよ」

「はあ……」私はこのあたりで覇気《はき》のないため息を漏《も》らしておりました。「ところでその物語ってどこまでが実話なんですか？」

聞けば聞くほど創作《そうさく》くさいというか、綺麗すぎるというか、端的《たんてき》にいえば実話からは程遠い、創作物的な気配がありました。ですからちょっと意地悪な質問を飛ばしてみました。

綺麗なものは汚《けが》したくなる醜《みにく》い人間。そう、私です。

「はっはっは。何をおっしゃいますか」店員さんは朗《ほが》らかに笑い飛ばしました。「全部フィクションです」全部フィクションだそうです。

…………。

ん？

「フィクションなんですか？」

「当然じゃないですか。我が国が戦争をしていたのは事実ですが、噴水に毎日硬貨を投げ入れるような変な女性がいたらとっくに悪い連中に捕まって利用されていますよ。当時の記録を見てもそんな女性は実在していません」

「えー……」

「実際のところ、今の話は、あの噴水をモチーフにして、どこかの名も知れぬ作家が書いた物語だそうです。女性が噴水に硬貨を投げ入れたことがきっかけで、街の多くの人が恵まれ、彼女のもとには恋人が帰ってくる。そういった小さな繋がりが大きく物事を動かす、という展開が受けたようですな」

「そして最終的にはこの宿屋さんが儲《もう》かるわけですか」

「まさに小さな繋がりですな」

なるほどこの国で最も幸運な宿屋であるというのは確かに事実であるようで。

「ところで四泊の料金は幾《いく》らほどで？」

チェックイン用紙を店員さんに差し向けながら、財布《さいふ》の中をちらりと覗《のぞ》きます。お財布の中には金貨が一枚と多少の銀貨。余裕ですね。

店主さんは答えます。

「四泊ですと金貨一枚ですね」

余裕じゃない。

「…………」私はじとりと目を細めながら店員さんを見つめます。「ここが儲かっている幸運の宿屋ならばもう少しお値段を抑《おさ》えても問題ないですよね……?」

しかし店員さんは朗らかに笑い飛ばしました。

「はっはっは。お客様。幸運には相応《そうおう》の対価を払《はら》って頂《いただ》かないと困りますな」


結局嫌々ながらに金貨を浪費《ろうひ》した私は、それから観光に出ました。

この国は観光名所と呼ばれるようなものが件《くだん》の噴水のほかにも幾《いく》らかあり、たとえば街の水路に赴けばカラフルな街並みを眺めながら遊覧《ゆうらん》することができたり、美術館や博物館、劇場が立ち並んでいたり、有名作家にちなんだお店が軒を連ねていたり。他にも美しいと呼べるものが数えきれないほどある街なのです。

歩けば歩くほどこの街にのめり込んでしまうことは明白で、恐らくこの国での四泊五日などあっという間に過ぎ去ってしまうことでしょう。

初日である今日は、街の水路へと赴きました。

赴いた、というよりは、街の約半数の道が水路だったのですけれども。

水路から見える景色はまるで街の大通りがそのまま流れる水へと入れ変わってしまったかのように不思議で美しいものでした。青、オレンジ、黄色や緑の色とりどりの民家のすぐ真横を、小さなゴンドラで流れていきます。

「まあ私は街の紹介のプロフェッショナルですから、大船《おおぶね》に乗ったつもりでどうぞ！」

などと言いながら小舟を漕《こ》ぐのは女性の船頭《せんどう》さんでした。

彼女は大げさな身振りを交えつつ、街を紹介してくれました。

「はい魔女さん、左手をご覧《らん》くださーい！　あちらがこの街の名物、願いの叶う噴水でございます」

水路からも件の噴水が空に向けて水を放っている様子が見えました。まるでこちらにも降り注ぎそうなほどの壮観《そうかん》です。とりあえず「おー」と拍手《はくしゅ》しておく私です。

「………………」

拍手の合間、先ほど噴水の前で見たフード姿の女性が、男性と幸せそうに手を繋いで歩いているのが見えました。何を願ったのかは分かりませんが――願いが叶ったのでしょうか？

船頭さんはそれからまたオールを漕いで、

「はい、それでは右手をご覧ください！」

とご案内。「あちらに見えるのがこの街の美術館！　その場にいるだけでなんとなくインテリジェンスな雰囲気を醸し出すことができるところです」

「説明が雑ですね」

「すみませんよく分からない物事に対してはふんわりとした印象しか持ってないもんで……」てへへ、と首《こうべ》を垂《た》れる船頭さんでした。曰《いわ》く彼女は新人さんだそうで、

「まだ街の紹介、慣れてないいんです」

「そうみたいですね……」

「それと今日はちょっと本調子ではないんですよね……」船頭さんは嘆息《たんそく》を漏《も》らしました。オールを漕ぐ手は止まり、水面の波紋《はもん》も穏やかになります。

おやおやどうかなさったんですか？

「あちらをご覧ください」

首をかしげる私に、彼女は指差します。

そこは丁度《ちょうど》ゴンドラ乗り場。

私達がこれからすぐに辿り着く場所でしたが、フードを深く被った人が待ち構えていました。しっかりとした背格好から察するに男性でしょう。見るからに怪しげで、しかもその手には花束が抱えられているのですからもう怪しさの塊《かたまり》といっても差《さ》し支《つか》えありません。

はてさて一体あれは何者でしょう？

「あちらに見えますのが私のストーカーです」

船頭さんの目はほとんど死んでいました。

「あの、街の紹介と同じテンションで紹介しなくてもいいですよ」

「魔女さん……。近頃、ああいうフードを被った怪しい男が街の可愛《かわい》い女子に求婚《きゅうこん》して回っているそうなのでお気をつけください」

「その様子ではあなたもされた口ですか」

「まあそんなところです」再び深く深くため息を漏らす船頭さん。「多分魔女さんも今からされると思いますけど……」

「ええ……」

随分と節操《せっそう》のない男ですね……。

そしてそれからゴンドラはとてもとてもゆっくりと乗り場まで辿り着いたわけですが、おおむね船頭さんの想像した通りの展開と相成《あいな》りました。

「君！　可愛いね。結婚しよう！」

唯一誤算があったとするならば、フードの男は船頭さんに一瞥《いちべつ》もくれることなく、指輪を私に渡してきたことでしょうか。端《はな》から私にプロポーズするために待っていたかのような鮮《あざ》やかさでした。

しかし指輪にがっつりと『愛《いと》しい船頭の君へ』などと綴《つづ》られているところから詰《つ》めの甘さが思いっきり露《あら》わになっておりました。

「お断りします」

男を無視してゴンドラから降りる私でした。「婚活ならよそでお願いします。私、そう見えないでしょうけれど旅人の魔女なんです。生憎色恋沙汰《いろこいざた》にはこれっぽっちも興味がないんですよ」

「その無慈悲な感じ、いいね！」私の発言の何がいけなかったのでしょうか。「君のような可愛く強い子は実によい！　是非とも我が同胞《どうほう》に欲しいくらいだ」すげなく断ったつもりだったのですけれど、男は若干《じゃっかん》興奮してさえいました。

「うわあ」

私は物理的にも精神的にも引きました。

フードの男はしかしその程度のことは気にも留めておられないようで、立ち上がり、再び私に指輪を差し向けて「結婚しよう！」などと迫ります。

そんなときです。

「やめてくださいお客さん！　お客さんに迷惑です！」若干ややこしいことを言いながら船頭さんが私達の間に止めに入ってくれました。

プロフェッショナル……！

「邪魔《じゃま》をしないでくれ！」

「あなたもお仕事の邪魔しないでください！　ゴンドラ乗り場でプロポーズとかされても！　困るんです！」船頭さんはぷんぷんでした。

「君たちのどちらかがこれを受け取ってくれるのならばやめよう！」

「ぜったい嫌です！　死んでも嫌です！」よそを向く船頭さん。「あ、私も死んでも嫌です」船頭さんの後ろから私もひょいと顔を出しておきました。

まともな男性ならばこの時点で流石《さすが》に少しは傷つくはずです。

しかし目の前のフードさんはどうやらまともとは程遠い場所におられる方であったようで、

「受け取る気はないか……ならば仕方ない、ここは力づくで――」

と不穏《ふおん》な台詞《せりふ》を吐《は》きながら、私達へと歩みを寄せます。

しかしその直後、不思議なことが起こりました。

「えい」

まあなんということでしょう。突然ゴンドラ乗り場に吹いた突風《とっぷう》がどういうわけかフードの男だけに襲い掛かり、指輪だけ残し、男をさらって吹き飛ばしてしまったのです。

「なっ――」

男はそのまま水の中へと落ちてしまいました。ばしゃん、と飛沫《しぶき》が上がりましたが、これまた不思議なことに水は私と船頭さんの二人だけを綺麗に避《よ》けて散っていきます。

おやまあまるで魔法にでもかけられたかのよう。

「これで多少は大人しくなるでしょう」

というかまあ、私が杖《つえ》を振るったからなんですけどね。

杖を仕舞《しま》いながら、私は水面を覗き込みます。

男はすぐに出てきました。

「やるじゃないか。やはり君は我が同胞に欲しいね――」

フードを被っていたせいで分からなかったのですけれども、男は存外《ぞんがい》、整った顔立ちをしていました。無茶なことをしなくても、黙《だま》っていれば女性の方から声を掛けられるのではないかと思えるほどの容姿《ようし》です。

「どうやら今日のところは私の負けのようだな！」落ちてもなお元気な彼は、それから「また会おう！」などという台詞《せりふ》と敬礼《けいれい》とともに、そのまま水の中へと消えてしまいました。

「ええ……」

まるで嵐のように突然現れては消えてしまった男性は、それっきり水から上がってきませんでした。

「ありがとうございます魔女さん！」胸を撫《な》でおろす船頭さん。「何とお礼を言っていいやら……」

「大したことはしていませんよ」

「お礼にこれをどうぞ」その辺に落ちていた指輪を拾い上げると、彼女はそれを私に押し付けてきました。

………。

「それあなたのために用意されたものじゃないですか」

「いえでもお客さんに渡してましたし」

「いらない……」

「ぶっちゃけ私もいりません……」

それからしばしゴンドラ乗り場は微妙《びみょう》な空気に包まれ、最終的に私が嫌々ながら受け取る運びとなりました。

それから私は観光に戻ったわけですが、しかしながらゴンドラ乗り場で見た不思議な男性のことは、それからもしばし私の頭にちらついて離れませんでした。

私は彼の顔を見たその瞬間から、実のところ少々興味を抱いてしまっていたのです。

いえいえ、それは決して彼が容姿端麗《ようしたんれい》でまさしく水も滴《したた》る色男だったから、ではありません。もちろん一目惚《ひとめぼ》れをしてしまったからでもありません。

髪は銀色。瞳は金色。浅黒い肌。

そして水の中に消えてしまった彼の耳は、普通の人間のものよりも少々長かったのです。

彼は私がかつて一度だけ目にする機会があった種族。

ダークエルフだったのです。

○

これまでの旅路の中でダークエルフとまともに遭遇《そうぐう》したことがありませんでした。

またとない機会ですし色々とお話をしてみたかったものですが、彼はそれっきり姿を見せてはくれませんでした。

宿へと戻る途中、噴水の前では相変わらず街の人々が硬貨を投げては願いを込めていました。この国に伝わる物語と同じように健気《けなげ》に祈りを捧げる人々の姿がありました。

初日も、二日目も、三日目も、変わらず。

毎日、私が宿屋から観光へと出かける度に、あるいは戻ってくる度に、同じような光景が繰《く》り返《かえ》されていました。止まった時間の中に閉じ込められたように、人々は毎日律儀《りちぎ》に祈りを捧げ続けます。

「どうか――ように」

フードを被った女性の姿も当然のようにそこにはあります。

一体何を願っていたのかは分かりかねますし、わざわざ声を掛けてまで聞くべきことではないのですけれども、ゴンドラ乗り場で口説《くど》いてきた男性のフードの下を見てしまったせいで、なんとなく、祈りを捧げている彼女もまたダークエルフなのではないかと思えてしまいました。

「どうか――ように」

祈ったのちに彼女は指先で硬貨を器用に弄《もてあそ》びます。指の上でくるくると転がり、それから彼女は満足したように頷くと、親指で弾《はじ》いて、噴水に飛ばします。

異質に見えたのは毎度のようにこのような儀式《ぎしき》めいたことをやっているからかもしれません。

そして彼女は、先日とは違う男性と手を繋ぎ、噴水を離れて行ってしまいます――どうやら姿のよく見えない彼女は恋多き女性であるらしく、毎回違う男性と手を繋いでおりました。

機会があったら、声を掛けてみるのもいいかもしれませんね――。

なんて思いながら、私はそのまま今日も観光に出ます。

本日は滞在四日目。

明日がこの国滞在最終日になります。

「――夫の病気が治りました！　奇跡《きせき》だわ！」

私とすれ違うようにふらふらと噴水まで訪れてきた女性が、その場に跪《ひざまず》き、涙《なみだ》をこぼしながら水の柱を見上げました。

どうやら。

噴水に硬貨を投げ入れるという行為も全《まった》くの無駄《むだ》というわけでもないのかもしれません。

私も硬貨を投げて『ダークエルフとお喋りできますように』なんてお祈りでもしてみれば、ダークエルフさんがまた都合よく現れてくれるのでしょうか？

なんて微《かす》かに思いもしましたが、祈るほどのことでもないのでやめときました。

今日は国の美術館に赴き、しかし美術館でインテリジェンスな雰囲気を肌で感じたのちに出てみれば雨がぽつりぽつりと降り始めてきましたので、私はそれから逃げるように近場の喫茶店《きっさてん》に引きこもるにいたりました。

お昼ごろからそうして窓際の席で、雨音《あまおと》に耳を傾けながら、読書にふけりました。

夕方になっても、窓の外の雨は止みませんでした。

「…………」

そして。

この辺りで確信しましたが、やはり『ダークエルフとお喋りできますように』なんて祈るほどでもありませんでしたね。

硬貨を無駄にしなかったことに安堵《あんど》しつつ本をぱたんと閉じると、私はそのままお店を出ました。

傘《かさ》を差し、そして雨の降る街の中を歩きます。降り注ぐ大粒の雨は、人々の足音をかき消し、視界を遮《さえぎ》ります。

それでも私が進む先にいる彼女ははっきりと見えました。

この街の人々はどうやらさほど優《やさ》しくもないようです——できあがった水たまりを避《さ》けるように、彼女の存在を避けておられるのですから。

面倒ごとに巻き込まれることを嫌ったのでしょうか。

誰も彼女に傘を差し出すことはありませんでした。

よそ者の私以外は。

「——大丈夫《だいじょうぶ》ですか?」

傘の真下。数日前から噴水の前で祈りを捧げていたフード姿の女性が、横たわっていました。息はあるようです。金色の瞳がこちらに向きました。銀色の髪が浅黒い肌にはらりと垂《た》れました。

長い耳が、フードの隙間《すきま》から露《あら》わになりました。

そこにはダークエルフがおりました。

○

「わたくしの名はエメリ。ご覧の通り、高貴《こうき》なるダークエルフでございます」

お風呂《ふろ》上がりのふんわりとした髪をなびかせながら、ぽっかぽかに火照《ほて》った彼女は私の前に再び現れました。高貴を自称するあたりからも察せられる通り彼女は少々変わった方であらせられるようです。

結局、声を掛けたからには濡《ぬ》れた路上に放置していくわけにもいかず、私は彼女を宿屋まで連れ込むことに相成りました。ご飯を与えて、お水を飲ませて、お風呂を貸してあげて、待つこと数分。

彼女は件のよく分からない台詞を吐きながら現れたのです。

私が眉根《まゆね》を寄せたのは言うまでもありません。

「高貴なるダークエルフさんは路上で倒れる趣味《しゅみ》をお持ちなんですか」

「あんなものが趣味だとお思いで？」やれやれと首を振るエメリさん。彼女はそれからベッドに腰掛け、自らの胸元《むなもと》に手を当てました。「とはいえ、助かりましたわ。服も貸して頂いて、ありがとうございます」それから胸元にあてた手を顔に寄せました。

「いえいえ。どういたしまして」

「ところでこのブラウス、いい匂《にお》いがしますね……」

「匂い嗅《か》がないでもらえますか」

「でもちょっと胸のあたりがきつ――」

「は？」

「なんでもありません」

全く失礼しちゃいますね。

不貞腐《ふてくさ》れるついでに外に目をやれば、雨粒が窓をぽつぽつと叩いておりました。曇天の空に果てはなく、しばらく止むこともないでしょう。

ところで。

「行くあてはあるんですか？」

「ありません」即座に首を振られました。

「替えの服もないんですよね」

「ご覧の通り」

彼女は胸を張ります。ぱっつんぱっつんの私のブラウスが悲鳴をあげておられました。やめて。

「ところでお金は」

「恥《は》ずかしながら無一文《むいちもん》です」

「………………」

ということはつまり私がこの場で「お風呂貸してあげたんだからもう用はないでしょう？　出てってくださいよ」とでものたまって彼女をここから追い出した場合、彼女が辿る結末は一つのみ。たぶんまた雨の路上で転がる羽目《はめ》になるのでしょう。きっとエメリさんは熱いシャワーを思い出しながら地に伏《ふ》せることでしょう。

それはあまりにも酷《こく》というものです。私にだって人の心はあります。

「じゃあ、今日のところはここに泊まってもらっていいですよ」

ですから、私の口からこのような言葉が飛び出すのもごく自然なことではないでしょうか。「お金は気にしなくて大丈夫です。でも見返りとして、あなたのこと、色々と教えてくださいね」

まあ彼女の故郷のことでも聞かせてもらえるのでしたら、このまま泊めてしまっても構わないだろうと判断したのです。だって彼女、ダークエルフですよ、ダークエルフ。今までまともにお喋りしたことのない種族です。こんな機会はめったにありません。

はてさて一体どんなお話が聞けるのでしょう？　きっととても面白くて珍しいお話が聞けるのでしょうね。そうに違いないですね。

私は彼女に耳を傾けました。心の中でお話のハードルをぐいぐい上げて耳を傾けました。

「見返りとして、わたくしのことを、色々と、教える……？」

しかし一体どういうことでしょう？

彼女の様子はこの辺りから急激におかしくなります。瞳が潤《うる》み、しかしその奥に怪しい光を灯《とも》し、吐息《といき》に熱がこもりました。妙《みょう》な雰囲気です。

「そ、そうですわよね、わたくし、勘違《かんちが》いしていましたわ……、見返りもなくシャワーを浴びさせてもらえるなんて、そんな美味《おい》しい話があるはずもありませんわね……」

何故《なぜ》だかよく分かりませんが、彼女の中で私の言葉は何かの隠語《いんご》として変換《へんかん》されたようです。エメリさんはベッドの上に腰掛けたまま胸に手を当て、頬《ほお》を染《そ》め、もじもじと悩ましげに身をよじり、乙女《おとめ》の如《ごと》き恥《は》じらいを見せてから、上目遣《うわめづか》いでこちらを見やりました。

おっと？　何ですかその態度。

ぽっかぽかに火照ったお身体の熱が頭にまで回っちゃいましたか？

「ご安心ください……、宿代ぶんはきっちり働くつもりです……」

すすす、とブラウスに手をかけ、妙に艶《つや》っぽい仕草《しぐさ》を交えてボタンを外《はず》していくエメリさん。

「………」沈黙《ちんもく》に沈《しず》む私。

この辺りでひょっとしてこの人ちょっとあほなのかなと思ったのですけれど、気づくのが大分遅かったですね。

「さあどうぞ……お好きにお使いくださいまし……」しゅるしゅる、と流れるように肩を露出させてゆくエメリさん。

「……あの、何してるんです？」

「言わせたいんですか……？」

「いや単に目の前で起こっていることが理解できないだけです……」

ひょっとするとこれは世間知らずな乙女によからぬことをしようとしている悪い大人になったみたいで少々ぞくぞくしないでもないような状況なのかもしれませんが、それよりもシャワー貸してあげた程度のことでとんでもない代償《だいしょう》を支払わせようとしていることへの罪悪感《ざいあくかん》のほうが大きかったですね。

「あの……とりあえず服を着ましょう？」勘違いですよ？　というニュアンスも含《ふく》めて私は脱ぎ掛けの服に手をかけ、無理やり彼女に着せました。

「まさか着たまま派ですか……！」今日一番の驚愕《きょうがく》の表情を見せる彼女。

「何言ってんですかあなた」

「それとも私のように穢《けが》れた身体の女には興味はありませんか……？」

「汚《けが》れならさっきシャワーで全部落としたでしょうに」何のためにシャワー貸したと思ってんですか。

「つまりわたくしをこのまま抱きたいと……？」

「もしかしてダークエルフってこちらの言語が通じないんですか？」

なんだか都合よく全部そういう意味にとられてしまっていますけど。「私、べつにそういう目的であなたを泊めるわけではありませんよ」

「…………」

沈黙を返す彼女の肩に、私は毛布《もうふ》を掛けました。

彼女はそれからしばし呆《ほう》けた顔を浮かべたのちに、毛布の中でもぞもぞと身を蠢《うごめ》かせ始めました。

「……では、無償で泊めていただけるということですか？」その声には困惑《こんわく》がありました。

「いえ無償とまでは」さっきもお話ししたと思いますけど。「あなたのことを教えて欲しいだけです。故郷のこととか、あなたの家族やお友達のこととか、色々と」

「…………」

「もちろん話したくないことは話さなくても大丈夫です。あくまであなたが話しても問題ないと思ったことだけ、教えてもらえませんか」

私は単にダークエルフという種族に興味があるだけなのです。

「そう、ですか……」細い指で毛布をつまみ、彼女は息を吐きました。「しかしそれでは無償で宿屋に泊めてもらうのと同義ではありませんか？」

「あなたが話す内容によってはそうなりますね」

私は別にそれでも構いませんけれども。エメリさんにとって価値のない話が私にとっても同義かどうかまでは分かりませんから。

彼女はため息をひとつ、つきました。

「このような無償の愛を賜《たまわ》ったのは初めてのことです」

「随分と大げさですね……」

「わたくしに深く触れない方も貴女《あなた》が初めてです」

「普通だと思いますけど」

「どうして雨の路上で倒れていたのか、聞かないのですか？」

「そういう趣味をお持ちの奇特《きとく》な方だと捉《とら》えることにしましたので、別に」

「しかし聞いて頂けないと私の気が済みません」

「話したいんですか？」

するとと彼女は「そうですね――」と頷きました。

「このような穏やかな夜は初めてですから」

――だから、身の上話でもしていないと、落ち着きませんね。

それから彼女は、ぽつりぽつりと、さしずめ窓を叩く雨粒のようにゆっくりと、延々《えんえん》と、途切れることのない物語を語り始めたのです。

○

エメリさんは小さい頃から身体が弱く、あまり外を出歩かなかったそうです。いつもお外で遊ぶ同年代の子どもたちを眺めてはため息を漏らす日々。それが彼女の日常でした。

そんな彼女にはたった一人だけお友達と呼べるような男の子がいました。

お隣《となり》に住む彼は、小さい頃から何かと彼女の元を訪れました。ある時はベッドに腰掛けお話を聞かせてくれました。ある時は手料理を振舞《ふるま》ってくれました。ある時は新しい服を買ってくれました。ある時は綺麗な花を持ってきてくれました。ある時は暇《ひま》つぶしになるからとコイン遊びを教えてくれました。指の上でころころとコインを弄ぶというお遊び。コインを渡され、指の上でコインを転がせたときに、彼女は自身が思いのほか不器用だったことを知りました。

コイン遊びの練習はいい暇つぶしになりました。彼はそれからも毎日のように来てくれました。

やがて時が経《た》ち、大人になりました。コイン遊びはすっかり上手《うま》くなりました。

彼はそれからもずっと彼女の元へと来てくれました。

エメリさんが彼に恋心を抱くようになったのはごく自然なことでした。彼女は毎日のようにコインを弄《いじ》りながら、彼を待つようになりました。彼は彼女の気持ちに応《こた》えるように、それからも毎日来てくれました。二人でお話をしているだけで毎日が色づき、華《はな》やかになりました。

こんな日がいつまでも続けばどれほど嬉《うれ》しいことでしょう。彼女は幸せな時間が永遠のように続いてくれることを願いました。

ところが。

数年前のある日を境《さかい》に、幼馴染《おさななじみ》の彼はエメリさんの元へ来なくなってしまいました。一体どうしたのでしょう。村の仲間に聞いても、答えを知る者は誰もいませんでした。

それからおおよそ数か月もの間、彼女はとても退屈《たいくつ》な日々を過ごしました。毎日コイン遊びに明け暮れ、想い人が扉《とびら》を叩いてくれることを心待ちにしました。

けれど終《つい》ぞ、彼は戻ってきませんでした。

それどころか、彼女の村からは一人、また一人と、仲間が姿を消していってしまいました。

そして今から半年前。

身体に病を抱える彼女もまた、村から出ていく一人となりました。


「わたくし達ダークエルフは種の存続《そんぞく》の危機にありますの」

声のトーンをまるで変えることなく、彼女は淡々《たんたん》と語り続けます。「魔女さん。あなたはダークエルフ狩りというものを知っていますこと？」

ダークエルフ狩り。

馴染《なじ》みのない単語です。

「何ですそれ？」と首をかしげました。

「悪いお仕事のことですわ――」辺りを窺《うかが》うようにエメリさんは窓を見つめます。相変わらず雨粒が窓を叩くばかりでした。「多くの方が知る通り、わたくし達ダークエルフは人間にとって都合のよい特徴を持っていますわ」

不老長寿で、どなたも漏れなく美男美女。

少なくとも多くの人が羨《うらや》むようなものを持て余していることは間違いありません。

「けれどわたくし達ダークエルフにとっては、その特徴こそ最も忌《い》まわしいものですの」

「……？」

「ダークエルフ狩りというのは、わたくし達のようなダークエルフを捕まえることを生業《なりわい》としている連中のことですの」

エメリさん曰《いわ》く、これまでに何人もの仲間がこのダークエルフ狩りによって捕まり、檻《おり》に入れられたといいます。目的は言うまでもないでしょう——どなたも美男美女で、永遠に若い姿を保っていられる男女など、使いようは幾らでもあるというもの。

そのうえ多くの場合ダークエルフは嫌われ者とされています。どれだけ雑な扱《あつか》いをしても良心など傷《いた》むはずもありません。

奴隷《どれい》商人が彼女たちダークエルフに商品価値を見出《みいだ》すというのは至極《しごく》当然な話にも思えます。

「エルフ狩りの活動はここ数年で活発になっていますの。わたくし達ダークエルフは、仲間を次々と失いました。わたくしが知っている限りでも、まだ捕まらずに生きている仲間は数名程度ですわ」

「…………」

「だから、わたくし達ダークエルフは種を残すために村から外の世界へと旅立つことになりましたの」

曰く。

彼女たちダークエルフは国々へと渡り歩き、配偶者《はいぐうしゃ》を捜《さが》し歩いているのだといいます。男性のダークエルフは訪れた国で女性を口説《くど》き、女性のダークエルフは男性に声を掛ける。そうやって、ダークエルフは種を残すために活動しているのだと言います。

「……それってダークエルフ同士だとだめなんですか？」

ダークエルフならダークエルフと恋愛すればいいじゃないですか。

しかしエメリさんはゆるりと首を振ります。

「ダークエルフの種を増やすためには新しい血を入れなければなりませんの。ダークエルフ同士で恋愛をすることは許されません」

「…………」

「だからわたくしも、半年前に村から出ていくことになりましたの」

そうして半年間、彼女は色々な国を渡り歩いてきたといいます。

「もしかしたら人間である貴女はおかしな話だと笑うかもしれませんけれども」

彼女は力なく笑いました。「わたくし達ダークエルフは種を増やすことさえできればそれでいいという考えを持っています。ですからわたくし達は結婚という風習を持ち合わせてはいません」

「…………」

「だからわたくしは色々な国で、色々な方のお相手をしてきましたわ」

無論、この国でも――と彼女は、窓の外を見やります。

「今朝も、道端《みちばた》で声を掛けてきた方のお相手をする予定でしたの」

けれど彼女は、夕方、雨の中に倒れていました。「今朝がたわたくしに声を掛けてきたのはダークエルフ狩りの仲間でしたわ。わたくしがダークエルフであることを確認すると、その場でナイフを突き立てて、脅《おど》してきました。このまま檻に入らなければ命はない。そう言われましたわ」

「それで、どうしたんですか」

「逃げましたわ。物を投げて、人込みに隠れて、ずっと逃げましたわ」

そして逃げている間に彼女は気づいたそうです。ここ数日、まともに食事も摂《と》っていなかったことに。飲み物もまるで摂っていなかったことに。

やがて力尽《つ》きて彼女は道の途中で倒れ、私に拾われた。

そういう顛末《てんまつ》だそうです。

「……ご飯くらいまともに食べてください」

私はその程度の毒を吐くことくらいしかできませんでした。

「無一文ですもの。仕方ありませんわ」

彼女は、笑いました。

彼女を見つめながら思い出していたのは、噴水に祈りを捧げる彼女の姿でした。

今現在無一文の彼女は、毎日のように金貨を投げ入れ、祈りを捧げていました。

いったい、何を願っていたのでしょう。

○

翌日。

長話の末、いつの間にやら眠っていた私達は、それから陽《ひ》が昇った頃に互いに目を覚ましました。

彼女の服はその頃既に乾いていましたから、ブラウスは回収。

私もこの国の滞在最終日でしたから、荷物をまとめて、彼女と共に宿屋を出ます。

「この国には仲間と一緒に来ましたの」

曰く、彼女は元々本日中にはお仲間と共にこの国から出る手はずとなっていたようです。

お仲間との待ち合わせ場所は例によって、宿屋のすぐそば。

噴水の目の前でした。

既にお仲間は待ち合わせ場所に着いていたようです。ダークエルフの男性が——見覚えのある顔のダークエルフさんが、そこにはおりました。

「……あれがお仲間なんですか?」

具体的に言うとこの国滞在初日に水路のあたりで見た気がします。

「そうですわ。彼、とってもいい人ですのよ」淡々と頷くエメリさん。

私達に気づいたダークエルフの男性は、こちらに手を振りながら歩み寄ってきました。

「遅かったじゃないかエメリ。……そちらの方は?」

「命の恩人《おんじん》ですわ」

彼女はエルフの男性に昨日の顚末を簡単に話しました。ダークエルフ狩りに遭ったことと、偶然私が彼女を拾ったこと。

もしかしたらこれまでも何度かそういった経験があるのかもしれません。男性は「そうか……。それじゃあ今後はしばらく森に身を隠したほうがよさそうだね」と提案しつつ、

「我が同胞がお世話になったようで——ありがとうございます、魔女様」

と私の胸元のブローチを見つめながら、仰々《ぎょうぎょう》しくお辞儀《じぎ》をひとつ。

彼のその様子にはどうにも違和感が拭《ぬぐ》いきれませんでした。

「……数日前にお会いした時とは様子が違いますね」名も知らぬダークエルフの彼は、少なくとも数日前にお会いしたときはもう少し節操《せっそう》のないお方だったはずです。

まるで別人かのよう。

顔を上げた彼は、首をかしげました。そして、

「おや。どこかでお会いしましたか？」

まるで私と初めて会ったかのようなことを言うのです。

「……？」

彼は私をまったく覚えていないようでした。おやおや口説いて失敗したことなどもう彼の中では記憶の彼方《かなた》なのでしょうか？

私は、

「数日前に水路でお会いしたこと、覚えてないんですか？」

と踏み込んでみましたが、彼はフードの下で曖昧《あいまい》な笑みを浮かべるばかり。

記憶にないのでしょう。忘れてしまったのでしょう。私はそう思ったのですが、しかしどうやら、私と彼は本当に正真正銘《しょうしんしょうめい》、この場所でお会いしたのが初めてのことであるようです。

「それはたぶん、僕とは別のダークエルフですね」淡々とした様子で、彼は語っていました。「僕たちダークエルフは身体ができあがってくると皆同じような外見になるんですよ」

曰く。

ダークエルフという種族は大人になると誰もがほとんど同じような顔の形になるそうです。かろうじて異なるのは声と背丈《せたけ》くらいなもので、同性同士で並べてみれば、ダークエルフ同士ですら違いがまるで分からないこともしばしばあるほどだと言います。

つまり私の目の前にいるダークエルフの男女は、ダークエルフという種族において極めて平均的であり中央的である顔をしているということになると、彼は教えてくれました。

試しに、数日前に水路で出会ったダークエルフの男性が私に押し付けてきた『愛しい船頭の君へ』と綴られた指輪を渡してみても、彼はまるで覚えていませんでした。それどころか、

「こんな贈り物をする同胞がいるのか……センスないな……」

指でつまみながら、そのように軽蔑《けいべつ》すらしている有様《ありさま》で、なるほど別人というのは確かに嘘《うそ》ではないのかもしれません。

「我が同胞にしてはセンスは悪いですけれど売ったら高そうな指輪ですわね……」横から品定《しなさだ》めするように指輪を眺めるエメリさん。

「…………」欲しいみたいですね。「よかったらどうぞ。それ、差し上げますよ」

「まあ！　いいんですの？」

「私が持っていても仕方ない代物《しろもの》ですし、別にいいですよ」それに。「街の外で会ったとき、それがエメリさんかどうかが分かる特徴があったほうが助かりますし」

ダークエルフという種が同じような顔の方ばかりで構成されているというのならば、他の方と異なる特徴の一つや二つくらいはあったほうがいいでしょう。

まあ、などというのは単なる方便《ほうべん》なのですけれども。

本音を言えば、無一文になってまで、病的なまでに噴水に祈りを捧げ続けている彼女の旅費の足しにでもなれば、と思っただけです。

まあそんなことは口が裂《さ》けても言わないのですけれども。恥ずかしいですからね。

「ところでエメリさん、いつもこの噴水で祈りを捧げてましたけれども」

どのみちこの国からはもう出ていくのですから、きっともう祈りは捧げないのでしょうけれど。

「今まで、一体何を願っていたんですか？」

少々気になっていました。

初めてこの国で彼女を見つけてから、ずっと気になっていたことでした。まるで物語の主人公のように、自らの持ちうるすべてを犠牲にしながら、彼女は一体何を願っていたのでしょう？

「そんなの、決まっていますわ」

彼女は噴水を振り返り、しばし、空中で花のように散る水の飛沫《しぶき》を見つめ。

そしてこちらへと向き直りました。

願いはたった一つ。

「どうか明日も生きていられますようにって」

そう言って笑いました。

一族のために、種を残すために国から国へと渡り歩きながら、けれど常にダークエルフ狩りの恐怖に怯《おび》えながら日々を過ごし続けなければならない彼女にとって、きっと命を繋ぐことが何よりも、お金よりも、大事だったのです。噴水にまつわる物語が作り話だとしても、彼女は願わざるを得なかったのです。生真面目《きまじめ》な彼女は、それから「あなたに貰った命、大事にしますわね」と笑って、この国を出ました。彼女がダークエルフ狩りに殺されたのは、それから僅《わず》か一か月後のことです。

○

ダークエルフ狩りの野営地にて。

私がダークエルフと遭遇したことがあると答えた途端に彼の態度は急変しました。

いつ、どこで見たのか、どんな様子のダークエルフだったのか、そのダークエルフと親密な仲になったのか――彼は私を野営地の中まで通し、簡易《かんい》的に作られた椅子《いす》に座らせると、事細かにそれらの事情を聞いてきたのです。

私は聞かれるままに答えながらも、少々たじろいだものですし、ダークエルフ狩りという者達がとても恐ろしく悪辣《あくらつ》な存在だと聞かされていたものですから、少々面食《めんく》らいました。

「……大丈夫ですか？　今、体調は悪くありませんか？　どこかおかしなところはありませんか？」

まるで病人に接しているかのように、彼は私の様子を窺いました。「一か月前に遭遇して以来、旅を続けられているのでしたら恐らく問題はないでしょうけれど――今後、ダークエルフとの接触はなるべく控《ひか》えたほうがよろしいかと存じます」

姿を見かけたらなるべく遠くへと逃げてください。と彼は言いました。

「……どうしてですか？」

まるでダークエルフを危険生物であるかのように言うではないですか。

「連中に顔を覚えられたということは、今後狙《ねら》われる可能性がある、ということです」

まるでダークエルフが悪い連中であるかのように言うではないですか。

一体どういうことですか？

「――ダークエルフという種族の正体についてお話ししましょう。こちらへ」

ダークエルフ狩りの彼は、依然として絶えず疑問を浮かべ続ける私に、口元を覆う布切れを手渡してから、野営地を案内してくれました。


「ダークエルフという種族は大きな誤解を受けています」

曰く。

銀髪《ぎんぱつ》で、金色の瞳で、耳が少々長く、肌は浅黒く、男女問わず魅力的かつ整った外見をしていて、不老長寿もしくはそれに近い存在であり、多くの場合、森の中に住んでいる。

これらの特徴は多くの部分で矛盾《むじゅん》していると言います。

「まず彼らの寿命は一年しか持ちません」

ダークエルフ狩りの彼は言いました。「我々が知る限りでは、最長でも一年以上生きた記録はありません。ダ、ダ、ダークエルフになってから、彼らは一年以内に死を迎えることになります。不老長寿という言い伝えが広まっているのは、恐らく彼らダークエルフが皆一様に同じような外見になるからでしょう」

——僕たちダークエルフは身体ができあがってくると皆同じような外見になるんですよ。

とは、確か以前お会いしたダークエルフの男性が語っていた話で、

「…………」そして私の目の前には、縄で繋がれたダークエルフの男女が何人もおりました。虚ろな目をした彼と彼女らは、私に媚《こ》びるような甘い顔を浮かべながら、自らが置かれている立場などお構いなしに囁《ささや》きます。

「素敵な女性だね」「可愛いですね」「よかったら今夜」「結婚しませんか？」「お会いできて光栄ですわ」「好きです」

同じような顔が、囁きます。

ぞわりとしました。

たじろぐ私に、ダークエルフ狩りさんは言いました。

「恐らく魔女様がお会いしたダークエルフはまだ症状《しょうじょう》が軽いほうだったのでしょう。ここにいる連中は末期《まっき》症状。余命一月《よめいひとつき》もありません」

「まるで病気みたいに言うんですね」

「そう言っています」

はっきりとした口調で、彼は言いました。「姿も形も目に見えないほど小さい生き物。感染症。それがダークエルフの正体なのです」

「…………」

曰く。

ダークエルフ狩りの彼らは随分と前からダークエルフという生物の生態について研究をなさっているようでした。研究成果によればダークエルフという病に感染した場合、身体に起こる変化はおおよそ二段階に分かれているといいます。

まず第一に起こるのは不調からの快復《かいふく》。身体が不自由であっても、持病を抱えていても、余命が宣告されていようとも、それらの不調は、ダークエルフに感染後数日でたちどころに治ってしまうといいます。

その次に起こるのが変態《へんたい》。

半月ほどかけて徐々に身体が、目の前にいるようなダークエルフのものへと変わり。身体の変化とともに人格も変貌していきます。元々あった人格《じんかく》が崩れ、人間としての個性を棄《す》て、自らをダークエルフであると思い込むようになるのだそうです。元々あった記憶は、都合よく書き換えられるのだとか。

同じような顔をしたすべてのダークエルフ達は、皆一様に、一つの目的をもって生きることになります。

種の存続のために、人を誘惑《ゆうわく》するようになるのです。

そして、一年ほどダークエルフとして生きたのちに、寿命がやってきます。寿命に近づけば近づくほどダークエルフ達は人格が壊れていき、最後は言葉も喋れなくなり、生きているのか死んでいるのかも曖昧《あいまい》な人形のような状態になるといいます。

そして、最後の最後、身体がどろどろの黒い液体に変わって消滅するのだといいます。

「特にこの黒い液体が厄介《やっかい》でしてね、触れると高確率でダークエルフに感染します。そのため、我々は末期に陥《おちい》る前に、前もって手を下《くだ》しているのですよ」

つまるところ、周囲に病原菌《びょうげんきん》をばら撒《ま》くよりも先に命を絶ってしまおうということなのでしょう。

「なるほど」

ダークエルフという生物の生態に関しては、まあ概《おおむ》ね分かりました。けれど、

「どうやったらダークエルフに感染するんですか」

エルフ狩りさんは頷いて答えます。

「確実ではありませんが、ダークエルフと粘膜《ねんまく》での接触《せっしょく》があった場合、高確率で感染すると思って頂いたほうがよいでしょう」

「…………」

「魔女様はダークエルフとの粘膜の接触がなかったようですから恐らくは問題ないでしょう――けれど、油断しないでください。もしかすると、再び魔女様の前に現れるかもしれません。一度ダークエルフと遭遇した者は、その後も狙われやすくなるのです。ダークエルフというのは、姿も形も見えないほど小さな生物たちの群れが人の身体を媒介《ばいかい》として乗り移り、増殖《ぞうしょく》することで種を増やしています。つまり同じ記憶を共有する個体が幾つも無尽蔵《むじんぞう》に増え続けるのです」

つまり私と会ったことのあるダークエルフがその後に粘膜接触をした場合、私に関する記憶を持ったダークエルフが数を増やす、ということになるようです。

ダークエルフ狩りの彼らはだからこそ個人が特定できないように身体中を覆い隠しているのでしょう。

「……そうですか」

それからダークエルフ狩りの彼は、「今後はダークエルフと遭遇したら即座に国を出るようにしたほうがよろしいかと思います」と語りました。

つまるところ、ここにいるダークエルフ達は、すべて元々人間であり、すべてダークエルフと関係を持ったがゆえに、彼らの同胞になってしまった者達なのです。

「我々はダークエルフの恐ろしさを世に知らしめるために、わざと生かしたまま檻に入れ、国々を渡っています。啓蒙《けいもう》活動というものです。連中による被害者を出さぬよう、檻に近づいてきた者すべてにダークエルフの真実をお話ししています」

ですから私にも事情をお話ししてくれたのでしょう。

しかし。

「こういった仕事は大変でしょう」

「ええ。それなりには」

彼が答えたところで、何人かのダークエルフ狩り達が私達の前を通り過ぎていきました。既に動かなくなった彼らを乗せた担架を二人一組で持ちながら、煙のほうへと真っ直ぐ《ます》に進んでいました。

「しかし仕方がありません。この仕事は人類を脅《おびや》かす害から守るためには必要なことですから――たとえ人であった者たちを殺《あや》めるような仕事であっても、しかし巡り巡って、この行いが人類のためになるのだと、私は信じています」

彼が語っている最中でした。

通り過ぎる担架の一台から、だらりと腕が垂れました。真新しい指輪を嵌《は》めた手でした。手には何か握られていたようです。

からん、と地面に落ちました。

彼はそれを拾い上げ、言いました。

「それに、この仕事は結構稼《かせ》ぎがいいんですよ」

どうしてもお金を貯めなければならない人間にとっては、特にね——と。

器用に指の上で硬貨を弄びながら、彼は言いました。

○

あれから何か月か経《た》ったあとのことでしょうか。

私はとある国のお祭りの中を歩いていました。

古びた街並みの中、道をゆくのは本を抱えた人と人と人ばかり。通りから街の広場にかけて軒を連ねるのは即席で設えられたテントの数々。そこら中から飛び交うのはやれあの本のこの展開がいいだとか、この本には度肝を抜かれただとか、誰それもこの本を読んで感銘を受けていただとか、この本は面白いから是非買ってくれだとか。

それは本好きによる本好きのためのお祭りであり。

まさしく私の故郷で行われていた行事と近しいものでした。

母に手を引かれながら歩いた幼き日のことを、思い出しました。

「…………」

彼らのことも、私は思い出していました。

通りを行き交う人と人の群れ。その向こう、民家の壁にもたれかかって熱心に本を読んでいる一人の女性がおりました。

深くフードを被っているその女性は、私が視線を向けるのを待っていたかのように、こちらを見つめていました。

銀色の髪の合間から、金色の瞳が私を覗き。

そして人差し指を、唇に添えます。

口封じです。

幼い頃の私にそうしたように、黙っていろと、指で示してみせたのです。

「…………」

私が口を開きかけた直後。

ダークエルフは気づけば姿を消していました。

最初からそこには存在していなかったかのように、一瞬の幻のように、夢のように。

けれど、そこには確かに、ダークエルフがいたのです。

第三章

三つの国の話：値段の理由

その日、わたしとお姉ちゃんが訪れた国A（仮称《かしょう》）は、古めかしく歴史と風情《ふぜい》ある景観《けいかん》をなさっていました。

通りに立ち並ぶのは、石造りの古い建物たち。旅人でありよそ者であるわたしとお姉ちゃんを見守るように、道の両脇《りょうわき》に慎《つつ》ましく並んでいます。

「結構風情ある街並みね」

白色の短い髪《かみ》に黒のカチューシャ。淡《あわ》い翡翠色《ひすいいろ》の瞳《ひとみ》の旅人が一人。

名はアムネシア。わたしのお姉ちゃんです。

いつもはしっかりとしたお姉ちゃんのはずですが、国に着いたことで少々気が緩《ゆる》んでいるのかもしれません。街の景観に見惚《みと》れるお姉ちゃんは、ふらふらと彷徨《さまよ》うように歩いていました。

「よそ見していると危ないですよ」

お姉ちゃんの袖《そで》を引く手がひとつ。

白色の長い髪に黒のリボン。淡い翡翠色の瞳の旅人であり、妹でした。

名はアヴィリア。要するにわたしです。

国の門をくぐってから今わたし達がいる大通りを歩くまでほとんど通行人はおらず、街はとても静かで心地のよい雰囲気《ふんいき》の中にあります。

けれど通りに誰もいないというわけではありませんし、ここが無人の国というわけでもありません。

住民と肩がぶつかったりなどしたら大変です。

「お姉ちゃん。ご存じですか。この国は平均所得《しょとく》がよその国よりもかなり高いそうですよ」

「？　そうなの？」

目を細めるお姉ちゃん。通りでわずかながらに見られる人の背格好《せかっこう》をちらちらと眺《なが》め始めました。

それはたとえば春らしく極めて地味《じみ》なワンピースを着ている人であったり、もしくはブラウスを着ている人であったり、はたまたただのシャツであったり。

要するになんとも地味です。

「……ほんとにお金持ち、多いの？」

ですから余計《よけい》に目を細めるお姉ちゃんでした。

しかし私は自信満々に頷《うなず》きます。

わたしの手元にはこの国の入国の際に配られたパンフレットがありました。

国のパンフレットには色々と書いてあるもので、国の観光名所や、歴史、それから嘘《うそ》か真《まこと》かはさておき、国民性ないし国の特色まで書かれているものもあります。

とてもアットホームな国です！　とか、旅人にとても優《やさ》しい国民性です、とか、国のことで疑問があれば何でもおっしゃってください。国民がなんでも答えます！　とか。

胡散臭《うさんくさ》さ満載《まんさい》の言葉が大体並べられているものです。

この国のパンフレットにもそういった文言《もんごん》が綴《つづ》られていました。

わたしはお姉ちゃんと歩きながら、読み上げます。

「本当のお金持ちというのはお金を持っているようには見せないもの。この国の人々は派手《はで》なものを嫌《きら》い、質素《しっそ》で静かな生活を望んでいる人の方が多いそうです」

「へえ……」

「お金がたくさんある人達がのんびりと暮らす国として人気で、よそから引っ越してきている人が今たくさんいるみたいです」

「ふむふむ」

「という風にパンフレットに書いてあります」歩きながらパンフレットをじっと見つめるわたしです。

「なるほど」

頷きながらお姉ちゃんは、ちょい、とわたしの袖を引っ張りました。

「よそ見してると危ないわよ」

◯

この街はいたるところが普通で、質素で、しかしどことなく違和感《いわかん》を内包《ないほう》していました。

たいていの国で見られる大通りでの露店《ろてん》などはこの国には存在せず、野菜《やさい》や果物《くだもの》などは普通に青果店《せいかてん》に並べられて、パンも同様。串肉《くしにく》などにいたってはそもそも販売すらしていませんでした。香《かお》りが強いから販売禁止にしているそうです。パンフレットに書いてありました。

この国は街並みの景観に神経質なほど気を配っているようで、看板《かんばん》やのれんなどの類《たぐい》は最低限のものに留められています。

正直に言って、近づいてみないとそれがお店なのか民家なのか判別がつかないほどです。

「これはどっちなのですか……？」

「さあ……？」

いえ近づいてもよく分かんなかったですね。

お店の前でしばし二人揃《そろ》って首をかしげるわたし達でした。

この国で軒《のき》を連《つら》ねるお店の数々。

店内の様子はお洒落《しゃれ》が過ぎるほどにお洒落で、もはや単なる旅人の一見《いちげん》さんたるわたし達では、そこが何を売っているお店なのかがいまいちよく分からないほどでした。

しばらくそうして「どっちでしょうねー」と首をかしげ続けた末、「まあ入れば分かるんじゃない？」とのお姉ちゃんの提案に背中を押されるかたちでわたし達は結局入店しました。

しかし。

「ここは何屋さんなのですか……？」

「さあ……？」

入ってもよく分かんなかったですね。

慎《つつ》ましく、されど洒落た店内。アロマの香りが漂《ただよ》い、ずらりと美しく整列する棚《たな》の一つひとつに商品は陳列されておりました。

そしてお店の中央にはなぜかグランドピアノが置かれております。

「ふふふ……ようこそ。好きに見て行って頂戴《ちょうだい》。でも、味見は駄目《だめ》よ……？」

そしてばっちりドレスアップした店主さんがピアノで生演奏なさっています。

店主さんは入店してきたわたし達に、ふぁさと髪をなびかせながら振り向くと、

「いい音楽を聴かせてあげることでこの子たちが美味《おい》しくなるのよ……」

と聞いてもいないのになぜか説明してくれました。

お洒落が過ぎる店内に美しく整列している棚には、林檎《りんご》、バナナ、きゅうり、トマト、レタス、等々。色とりどり種類も諸々《もろもろ》の果物と野菜が陳列されていました。

端的《たんてき》に言うと青果店でした。

「高いのです……」

「高いわね……」

棚の前でしばし絶句《ぜっく》するわたし達でした。

商品の下にあほみたいな金額が綴《つづ》られていたのです。

おおよそ野菜一つの値段が相場《そうば》の五倍程度。しかし不思議なことに買っていく人は結構おり、店内はグランドピアノの音色《ねいろ》に耳を傾けながらお買い物をするマダムで溢《あふ》れていました。

やはりこの国の人々はお金持ちばかりであることは間違いないようです。

しかしながらわたし達のようなよそ者の旅人には到底《とうてい》手の出せる代物《しろもの》ではありません。ので、そのまま普通に出ていきました。

「なんですかあのあほみたいな値段設定は」

「さあ……。演奏代じゃない？」

そしてこの辺りで確信を持ちましたが、この国はちょっと一風変わった独特の文化体系の中にあるようです。

それから入るお店のすべてが、どれもこれも変なコンセプトのものばかり。

あまりの様子のおかしさにわたし達は入店してはくるりと回れ右を繰り返したほどで、困ったように笑いながら街をさまよう度に、せめてパンフレットにもここは様子のおかしな国ですと書いてくれていればよかったのにと思いました。

それではここでわたし達が訪れた様子のおかしなお店たちとのやり取りの一部始終《いちぶしじゅう》をご覧《らん》いただきましょう。

「うちの店に置いてあるのは全部ヴィンテージものの逸品《いっぴん》だよ」

などと語りながら店内を案内してくれたのは、チーズ専門店さん。

「ヴィンテージのチーズってなんですか？」とお姉ちゃんが尋《たず》ねたところ、「発酵《はっこう》の向こう側へ行ったチーズのことさ」と得意げな顔で言われました。

正直意味分かんなかったのです。

「それってつまり腐《くさ》っているだけなのでは……？」

「やめなさいアヴィリア」

「というか何で得意げな顔してるのですかあの店主さん」

「アヴィリア」

結局わたし達は何も買わずにチーズ屋さんから撤退《てったい》。

それからお肉屋さんへと梯子《はしご》しました。

「これをご覧。とても綺麗《きれい》だろう……？　宝石のように輝いている……」

店内のランプに照らされて艶《なま》めかしく光るお肉は大事に大事に育てられた最高級の家畜《かちく》の最も希少《きしょう》な部位《ぶい》だそうです。

もはやそれはお肉というより一つの芸術品かのよう。

「お肉、すてき……！」

お姉ちゃんはそんなお肉に目を輝かせておりました。まるで恋する乙女《おとめ》かのようにお肉にお熱《ねつ》な視線を送ります。

「ところでこれは幾《いく》らなのですか」

店主さんはわたしに頷き、たっぷり間を置いてから答えます。

「ふっ……宝石のような値段さ」

わたし達が即座にお店から回れ右したのは言うまでもありません。いくら見てくれが素敵《すてき》でも値段がぜんぜん素敵じゃないのです。

「お肉ならべつにいつでも食べられるしね……」とお姉ちゃんは嘆息交《たんそくま》じりに語っておりました。

百年の恋も冷めるというものです。

それからわたし達が訪れたのは、通りにひっそりと佇《たたず》むお化粧品屋《けしょうひん》さんでした。

「ご覧ください！　当店では全く新しいタイプの化粧品を開発したのです！」

絢爛《けんらん》なお店の中。

店主の女性が言いながらお釜《かま》に魔法を浴びせると、ぼふ、と煙《けむり》が上がります。

直後、釜の中から小さな小さな生き物が這《は》い出てきました。背丈《せたけ》はおおよそ人差し指程度。可愛《かわい》らしい帽子《ぼうし》を被《かぶ》り、蝶《ちょう》のような羽根《はね》をぱたぱたとはためかせながら、その生き物は店内にいるお客さん達に一度、お辞儀《じぎ》をしてみせました。

妖精《ようせい》さんでした。

妖精さんはそれから店内を飛び回ると、お客さんの頬《ほお》に口づけをして回りました。

「私が編《あ》み出《だ》した魔法は身体から老廃物《ろうはいぶつ》を取る効果を持っているのです。どうですか？　お肌の年齢が若返った気がしませんか？」

その効果が本物かどうかは、鏡《かがみ》を見つめて喜ぶ女性客たちの様子を見れば明らかでしょう。

わたしとお姉ちゃんのもとにも妖精さんはやってきて、口づけをしてきました。間近で見て分かったのですが、どうやらこの化粧品屋さんが作った妖精さんはきちんとした生き物というわけではないようで、ある種の魔法を妖精の姿にして見せているだけのようです。

つまり妖精の口づけというのは単なる演出で、実際には老廃物を取り除く魔法がふわふわと私達の間を飛び回っているだけなのです。

凝《こ》った演出を施《ほどこ》しているせいかどうかはわかりませんでしたが、化粧品の金額は思わず眉間《みけん》にしわが寄るくらい高額だったため、わたしとお姉ちゃんはやはりここでも回れ右。

最初に訪れた青果店でも疑問に思ったのですけれども。

一体どうしてこんなにも手の込んだことをするのでしょうか？

「無理な演出を施して値段を高くするくらいなら、そのぶん安くしたほうがお客さん的には嬉《うれ》しいと思うのです」

わたし達はそれから立ち寄った宿屋にて、疑問を正直に店主さんへとぶつけていました。

仮にこの宿屋さんがこの国の多くのお店と同じように、無理な演出を施すタイプのお店だったのならば、このような台詞《せりふ》は口が裂《さ》けても言えないものですけれども、わたしがはっきりきっぱりと苦言《くげん》を呈《てい》したことからお察しできるように、ここはそういった無駄《むだ》な演出とは無縁《むえん》のお店でした。

見渡す限りがなんともシンプルな内装で、お値段もそこそこ。

他の国の一般的な宿屋よりは少し値が張るとはいえ、この国の多くの宿屋より安いことは間違いなく、財布《さいふ》に優しい宿屋さんといえました。

お値段も、カウンターの向こうで「そうねえ」とのほほんと微笑《ほほえ》んでいる店主さんも、優しさに満ち満ちております。

「まあでも、仕方ないのよ。この国の人間は高いものに群がる習性を持っているからね」

肩をすくめる店主さんは、そのうえで、

「この国の人間がお金持ちばかりだということは知っているわよね？」

と尋ねます。

ですからわたしは頷き。

そしてお姉ちゃんはわたしのポケットからパンフレットを引っ張りつつ「これ見ました」と答えました。

店主さんは、

「この国に住んでいる人たちはね、お金をたくさん持っているから、普通の人よりももっと高いものを求めたがるの」

ほかに比べて金額が高いということは、それだけ特別な何かがあるということです。

ただ特別な価格という事実が、特別な階級にいる彼らの購買意欲を掻《か》き立てるのでしょう。

「だから高くて特別な物を作るためにたとえば青果店は手間暇《てまひま》をかけて大事に果実や野菜を作るし、お肉屋さんは高いお肉の希少な部位を取り扱《あつか》いたがる。化粧品屋も希少な材料を使って、特別な演出を施すものよ。だって、そうしたほうが特別なものだと思えるでしょう？」

「そして消費者たちがこぞって飛びつくというわけですか……」

店主さんはわたしに頷きます。

「高いものにはそれだけの理由が求められるのよ」

曰《いわ》く。

近頃では特別に時間をかけたからだとか、特別な素材を使ったからだとか、そういった理由だけでは売れなくなってきているといいます。

「たとえば妖精の姿を模《も》した化粧品などがいい例ね。あそこのお店で扱っている化粧品は確かに品質もよいのだけれど、ああいう妖精が出るような演出を加えるまでは全く売れなかったのよ」

いくら中身がよくても、誰《だれ》の記憶にも残らないような地味な見かけだと意味がないのよ——と店主さんは言いました。

「それがまやかしであれ、必要不可欠《ふかけつ》なものであれ、人々は、人目につくものには相応《そうおう》の理由も求めるの」

きっとそれが、化粧品屋では妖精の姿を模した化粧品へと成り代わったのでしょう。派手《はで》な見た目は、高い理由としてはとっても分かりやすいのです。

ところでこのような状況は、言い換えてみれば、安物を騙《だま》し売ろうとしている方々からすれば、「いくら中身が粗悪品《そあくひん》だろうと、見かけがよければ騙されて買う人間が現れるということでもありますよね」

という見方もできますね。

「そしてそういう商品こそよく売れるのよ」店主さんはため息を漏《も》らします。「最近はそういう詐欺《さぎ》も横行《おうこう》しているみたいよ」とも。

この国は平均所得が高い国です。

派手なことを嫌い質素で静かな生活を望んでいるわりに、華美《かび》な見た目の商品にこそ価値を見出《みいだ》してしまうのですから皮肉な話です。

「でも、今更な話ですけれど、国の内情を旅人にここまで話してしまってもいいんですか？」

とお姉ちゃんは二人分の一泊の代金を支払いながら、尋ねました。

店主さんは慣れた手つきでお金を受け取りつつ、お部屋の鍵《かぎ》をお姉ちゃんの手の上に優しく置き、

「ええ。べつに構わないわよ」と笑《え》みを浮かべます。

そのうえで語ってくれました。

「安いものにも理由は求められるものだもの」

第四章 退魔師と悪魔

――ああ……なんということだ……！

――どうしてこんなことになってしまったの……！

――お願いします……！　どうか彼女を……あの子を救ってやってください……！

村の大人たちが一人の男にすがりついていました。

堅苦《かたくる》しい黒の衣装を身にまとい、毅然《きぜん》と立つ彼の名はヘンリク。体格はやや細く、齢《よわい》は二十代半《なか》ば程度。

若き退魔師《たいまし》の彼は、村人たちに柔《やわ》らかく微笑《ほほえ》みかけます。

「お任せください」

必ずや、私が彼女を救ってみせましょう――と。

目の前の哀《あわ》れな少女を救うことができるのは、彼をおいて他にはいないのです。

「あー……うぅー……」

椅子《いす》に縛《しば》り付けられた少女は、光を失った虚《うつ》ろな瞳《ひとみ》をヘンリクに向けていました。まともな言葉を漏《も》らすこともなく、時折口からこぼれるのは、不気味《ぶきみ》な不気味な呻《うめ》き声のみ。

そこには少女の意識はありません。

彼女は、悪魔《あくま》に憑《つ》かれているのです。

「うう……うー……」

ヘンリクを睨《にら》む少女。

目の前にいる青年が自らを退《しりぞ》けるために村へと訪れた退魔師であることに感づいているのでしょうか。その瞳には怒りと憎しみに似た威圧感が宿っていました。

「……っ」

青年の背筋《せすじ》が凍《こお》り付きます。

毎年春になると、この村では悪魔が出るといいます。

発端《ほったん》は四年ほど前。

今日のような春の日に、村の少女が悪魔に憑かれたと相談があり、ヘンリクの先輩《せんぱい》にあたる退魔師が訪れたのが初めてのことでした。それ以来、毎年この時期になると村の少年少女のうち数人が悪魔に取り憑かれるようになり、先輩退魔師もまた毎年、村を訪れては悪魔を祓《はら》いました。

今年はヘンリクがその役目を担《にな》うことになったのです。

「………………」

この村に毎年出没《しゅつぼつ》する悪魔に関しては、先輩退魔師よりひとつ助言《じょげん》を貰《もら》っていました。

――この村の悪魔は、他とは違う。気をつけろ。

毎年、村から戻ってきた先輩退魔師は満身創痍《まんしんそうい》そのものであったことをヘンリクはよく覚えています。

ゆえに彼は、目の前の少女を見下ろし、

「な、なんて邪悪《じゃあく》な目をしているんだ……！」

背筋が凍り付きました。

青年を睨む彼女の目には、これまで対峙《たいじ》してきたどの悪魔よりも邪気《じゃき》に溢《あふ》れ、剣呑《けんのん》な雰囲気《ふんいき》がありました。まるで悪魔に取り憑かれるより以前から心の底に悪魔を飼っていたかのよう。

たったの一瞬でも気を抜くことは許されません。

「彼女、お名前は何というのですか？」

ヘンリクは村の人々に尋《たず》ねます。

彼の周りで嘆《なげ》いていた村の人々は、顔を見合わせ、沈黙《ちんもく》し、それから椅子に縛り付けられている少女を見やり、憐《あわ》れみます。

美しい灰《はい》色の髪《かみ》。瑠璃《るり》色の瞳の少女。相変わらず椅子の上から「あー」や「うー」などとのたまい、男を見上げる彼女は、フレアスカートのワンピースを着込んでおり、口さえ閉じていればそこそこお上品な少女に見えました。あるいはお人形さんにも見えました。

しかしながら悪魔に取り憑かれてだらしない顔をしてしまっているせいで綺麗《きれい》なそのお顔も春のモテカワコーデも台無しです。

「ああー……うー」

ところで、そんな可哀《かわい》そうな彼女とは一体誰でしょう？

村人の一人が、ヘンリクさんに答えました。

「イレイナといいます」

「イレイナですか。なるほど」

ではそのイレイナとは一体誰でしょう？

言うまでもありませんね。

そう、私です

○

私がその日訪れたのは、山間の小さな村でした。

この辺りの地域では賊《ぞく》などが出ることはほとんどないようで、村は平和な空気に満ち満ちていました。

外と村を隔《へだ》てる柵《さく》はなく、木々が生《お》い茂《しげ》る道を抜けた先に広がるのは、美しい緑の中に寄せ集まる木造りの民家の数々。視線を上へあげると、わずかながらに雪を被《かぶ》った雄大《ゆうだい》な山々が連《つら》なっているのが見えました。

息を吸い込めば心地よい春の空気が胸いっぱいに広がります。

快晴《かいせい》のもとに広がるのは、そんな素敵《すてき》な場所でした。

「いい景色ですね……」

噂《うわさ》によれば私が本日訪れたこの村は、村でありながらも結構な観光客が毎年訪れるようで、特に初春のこの時期は最も人気の時期と言われているそうです。

まあこんなにも美しい景色なのですから、納得と言わざるを得ませんね。

自然豊かで美しい情景《じょうけい》に見惚《みと》れるままに、私は村の入り口まで来たところでほうきを降りて、歩き始めました。

この村では一階建ての小さな家がほとんどのようで、雑草《ざっそう》を抜いただけの最低限の舗装《ほそう》のみ施《ほどこ》された通りに並んでいるのは、どこも慎《つつ》ましやかな民家のみ。

慎ましい民家でしたから、すれ違いざまにちょっと窓へと目を向ければ住民の生活が見えてしまうほどであったのですけれども。

「…………？」

しかし、不思議でした。

通りに並ぶ民家に人の姿がないのです。

それどころか通りにも誰もいません。誰も住んでいないわけではないと思いますけれども——どこかに出かけておられるのでしょうか？　村人全員で？

私は通りのあちこちを見つめつつ窓を眺《なが》めながら、歩きました。

傍目《はため》に見れば少々不審者《ふしんしゃ》じみているようにも思えますが、私を傍目に見る人間がそもそもいないのですから、まあ多少の無礼《ぶれい》も許されましょう。

村に着いたからにはまず先に宿屋を探したいところなのですが、尋ねようにも人がいないので困ってしまいますし。

はてさてそれから数分程経《た》った頃でしょうか。

「おや」

立ち止まります。

いくつもの赤い果実《かじつ》が実る一本の木に寄り添うように並んで建っている古い民家がそこにはありました。

窓からちらりと中を覗《のぞ》いてみると、大人たちが何やら深刻《しんこく》そうな顔で話し合っているのが見えました。

どうやら村人たちはここに集まっていたようですね。

「…………」そしてお行儀《ぎょうぎ》の悪い覗き見を始めてから数秒後。

ちょうど窓の向こうで肩をすくめて困っていた男性が、ふいにこちらへと顔を向けてしまいました。

「…………」

つまりばっちり覗き見がばれてしまったわけです。

男性は私と目が合ったとたんに慌《あわ》ただしい様子で窓から消えました。

かと思えば、直後に勝手口のほうからその男性は現れます。

「君、もしかして旅の人かい？」

息を荒《あら》らげて、そのような台詞《せりふ》とともに。

「え、あ、はあ……そうですけれども」

それから私は、あのう、宿屋がどこにあるのかご存じありません？　と言葉を続けるつもりだったのですけれども。民家に村人が集結している理由に関しては特に触れない方向で話を進める予定だったのですけれども。

しかし男性のほうが口を開くのが早く、

「よし、じゃあちょっと来てくれ！　ほら急いで！」

それでいてやや強引《ごういん》でした。

見るからに普通の雰囲気ではありません。

何か想定外《そうていがい》の出来事がこの家で起こったことは明白《めいはく》で、他人の手でもいいから何でも力を借りたい状況にあるのかもしれません。

「はあ……」

なんだか状況がよく分からないながらも、そんな風に憶測《おくそく》だけを頭で巡《めぐ》らせつつ、私は男性に誘われるままに、その民家へと入りました。

その先に地獄《じごく》のような光景が広がっているとも知らずに。

◯

民家の中には大勢の大人が一人の少女を取り囲むように集まっておりました。

村の人曰《いわ》く、少女はこの家の娘さんだそうで、いつも明るく、元気で、とても優しい少女だそうです。

「ううううう……ああああ……！」

椅子に縛り付けられ、あうあうと呻きながら長い金色の髪を振り回しておられますが、普段はとってもいい子だそうです。

この家のご両親は手を取り合い、悲しみに暮《く》れながらも言いました。

「あの子はいつもご飯は残さず食べるいい子なんです……」

「うあぁー……」村の人が差し出す果物をぽろぽろとこぼす娘さん。

「村のご老人にもとっても優しくて……」

「ぺっ！」ご両親の真後ろでご老人に対して唾《つば》を吐《は》き捨てる娘さん。

「なのに今日はちょっと朝から様子がおかしくて――」

「うあぁー！」近寄る者すべてを睨《にら》みつける娘さん。

「なるほどなるほど」

反抗期《はんこうき》にしては随分《ずいぶん》とアグレッシブですね。

などと私は適当に頷《うなず》いておりました。一連の騒動《そうどう》によりどうやら村の人々はここに勢ぞろいして、慌《あわ》てふためいていたようです。

しかし幾《いく》ら人が集まったとしても、突如《とつじょ》人格が変わったかのように暴れ始めた娘さんを鎮《しず》める手立てを彼らは持っておらず、結局椅子に縛り付けるくらいの対処法しかなかったといいます。

そんな折に旅人の魔女が窓の外から中を窺《うかが》っていたものですから、中に招き入れたのでしょう。

「何とかなりませんか」この家のご主人は私に祈るように伺《うかが》います。

「何とかといわれましても……」

私は少女を見下ろします。うーあーうーあーと首を揺《ゆ》らしていた彼女は、私と視線が合ったとたんに、「ぺっ！」と私の顔めがけて唾を吐きます。

「おっと」

私はひょいと避《よ》けました。

「間違いない。これは悪魔の仕業《しわざ》じゃ……」

いかにも村長っぽい風貌《ふうぼう》のご老人は訳知り顔で言いました。実にシリアスな表情でした。唾ついてますけど。私が避けたせいで当たっちゃったみたいですね。ごめんなさいですね。

「……以前にもこのようなことがあったんですか？」

悪魔の仕業だと断言《だんげん》するくらいですから、何らかの根拠《こんきょ》があるのでしょう。

「うむ。その通りじゃ」村長さんは自らの額《ひたい》についた唾を拭《ふ》きました。「わが村では毎年この時期になると悪魔が村人の身体に取り憑くのじゃ。去年も一昨年《おととし》もその前も、悪魔に取り憑かれた村人が暴れたことがあった」

「ふむ」

「であるからわが村では毎年、悪魔に憑かれた村人が出る度に春の訪れを感じるのじゃよ……」

「あ、そうなんですか……」

村の人達もこんな出来事で春を感じたくはないでしょうに。

「どうしてこんなことに……！」

この家のご主人は嘆《なげ》きました。

されど嘆き悲しんだとて娘さんに取り憑いた悪魔が消えてなくなるわけでもありません。相も変わらずあーうーあーうーと首を振っている娘さんは、虚《うつ》ろな瞳をあちこちに彷徨《さまよ》わせます。

ちなみに今の彼女は近寄る者や目が合う者があると即座に唾を吐いてくるそうです。さっきも私吐かれましたね。

「………」

そして今も目が合いましたね。

「ぺっ！」吐かれました。

「おっと」避けました。

「………」村長さんが無言で額の唾を拭きました。「とにかく困っておるのじゃよ……」

「そうでしょうね……」

観光客が多い時期であるのにこんな事態に陥《おちい》ってしまってはこの村の今後が危《あや》ぶまれることでしょう。美しい情景に囲まれたこの村に人が寄り付かなくなるようなことにはなってほしくありませんね。

「ぺっ！」

「おっと」

観光客に対して平然と唾を吐くような村にもなってほしくはありませんね。

であるならば。

「もしよければ、私が解決しましょうか？」

旅人として、一人の魔女として、私は提案させていただきました。「彼女を元に戻せばいいんですよね」

多分できると思います、と私は言いました。

「本当ですか……！」

願ってもない提案だったのでしょう。

この家のご主人を筆頭《ひっとう》に村の人々はざわつき。

そして村長さんも目を丸くしながら、

「それは助かりますな……！　私に何かできることはありますか？」と尋ねます。

できることですか。

私は村長さんの額を見つめつつ言いました。

「とりあえず唾を拭くことをおすすめします」

○

悪魔にも色々な種類がいるもので、一枚岩というわけではないのでしょう。私もこれまでに悪魔と呼べるような存在と遭遇《そうぐう》してきた記憶がありますが、中には人の身体に取り憑くような種類の悪魔もいるそうです。

そして一般的に、身体に取り憑いた厄介《やっかい》な悪魔を祓うことを生業《なりわい》としている人間を、退魔師と呼びます。

私はさほどこの退魔師という職業に関しては明るくないのですけれど、彼らが被害者に取り憑いた悪魔と対峙《たいじ》する際は、おおよそ以下にような手順を踏《ふ》むといいます。

まず椅子に縛り付けられている被害者の前に立ち、「この者の身体から出ていけー！」と罵《ののし》ります。イラついた悪魔が被害者の身体を使って今度は退魔師を罵り、こうして二人の戦いが幕を開けます。

売り言葉には買い言葉。「とっとと出てけ！」と退魔師が罵れば「うるせえ殺すぞ」と悪魔は唾を吐きます。その関係性は立ち退き要求する業者と立てこもる住民の如《ごと》し。

言葉だけでは出て行かないことを察する退魔師は悪魔に対して嫌がらせを始めます。立ち退きを頼んでも出て行ってくれないならば、そこが居心地《いごこち》の悪い場所だと思わせればいいわけです。

退魔師はありとあらゆる手を使って悪魔を追い払います。

たとえば水をぶっかけたり。たとえば頰《ほお》を思いっきりぶっ叩《たた》いたり。延々《えんえん》とつまらない話を聞かせたり。

とまあ、そんな風に地味《じみ》に嫌なことを実行しつつ、「出ていかないと永遠にこの嫌がらせを続けますよ」と脅《おど》すと悪魔は大抵出ていくといいます。以前お会いした退魔師さんは悪魔祓いの手法に関して、そんな風に説明してくれました。

当然ながら私は悪魔祓いの現場など見たこともありませんので、実物及《およ》びよそではどうかなどは知ったこっちゃないです。

さてそれでは退魔師のお仕事をおさらいしたうえで、私が目の前の少女にやっていることを見てみましょう。

「ごくごくごくごくごくごくごくごく！」

少女は水を飲んでいました。

ひたすら水を飲んでいました。

「はいはいそうですよー。もっといっぱい飲んでくださいねー」

瓶《びん》を口に突っ込みながらごくごくごくと水を飲み続ける少女。私は少女の頭をお膝《ひざ》の上に載せつつ、髪を撫《な》でながら「いいですねー」と褒《ほ》めてあげます。

そんな光景に村長さんは、

「魔女様これは一体……」

結構《けっこう》な勢いで戸惑《とまど》っておりました。

「たらふく水を飲ませています」

ご覧の通りですね。

「私どもの知る退魔方法ではないようなのですが……」

「去年まではどうだったんですか？」

「時間の許す限り悪魔を延々と罵っていましたが……」

ああ一般的な退魔方法ですね。

「まあこの子に対してはそういった普通の退魔方法よりも、こっちのほうが有効ですよ」

「ええ……」

引く村長さん。

「ごくごくごくごくごくごくごくごく！」そんな最中もひたすら飲み続ける少女。

それから大きめの瓶が空《から》になるほど飲み続けたのち。

「はっ……わたしは一体何を……！」

少女が正気《しょうき》を取り戻しました。ぱちりと目を覚ました彼女に先ほどまでの剣呑《けんのん》な雰囲気はありません。

低く唸《うな》るようにして驚く村人たちの様子に困惑するように辺りを見回す彼女は唾を吐くこともなければ、睨みつけることもありません。

村長さんが事情を話すと、彼女は目を丸くしました。

「えっと……？　悪魔……？　わたし、悪魔に取り憑かれていたの……？」つい先ほどまでの行動には自覚がないのでしょう。ただただ女の子は困惑するばかり。

まあ何はともあれ、

「解決したようですね」

私は一仕事終えたことへの達成感を胸に立ち上がります。

「一体どんな魔法を使ったのですか、魔女様」

村長さんは戸惑いを隠せぬ様子でした。去年や一昨年に比べればあまりにも簡単すぎる解決方法だったのですから、まあ当然と言えば当然かもしれません。

私は窓に寄りかかり、外を眺めながら言いました。

「そもそも、あの子、悪魔に取り憑かれてたわけじゃないんですよ」

庭にはいくつもの赤い果実が実《みの》る一本の木。

旅人として色々な国を渡っていれば、記憶に残るような不思議なものなど幾らでも見るもので、庭にある木も、かつて目にしたことがあるものでした。

「よその国であの木は悪魔の木と呼ばれているそうですよ」

曰《いわ》く、春ごろになると木に実る赤い果実は非常に甘く美味《おい》しいそうなのですが、どういうわけかその中に一つだけ、毒《どく》入りの果実が混ざっているそうです。

毒入り果実は見た目はほかの果実と全《まった》く同じ。唯一異なるのは、食べるとたちまち「あー」だとか「うー」などという言葉しか話せなくなり、近寄る者すべてに唾を吐くようになるということ。

甘く美味しい果実で誘っておきながら、この悪魔の木はそういった危険な果実も紛《まぎ》れ込《こ》ませているのです。

まさしく悪魔の甘い罠《わな》ですね。

「庭にあの木がある時点で、まあ多分そんな事情だろうと思いましたよ」

毒入りの果実を食べてしまったときは、たらふく水を飲むことで中和《ちゅうわ》できます。身体の中の毒を薄《うす》めるのです。

ちなみに放《ほ》っておいても身体から毒が排出《はいしゅつ》されればもとに戻ります。

要は退魔師が長時間対峙《たいじ》して延々と罵倒《ばとう》しても当然の如く被害者は正気に戻るということでもあります。

「では悪魔は存在しないということですか……?」

「ええ」庭の木を悪魔と呼ぶような風習があるなら話は別ですが。

「なんと……!」

膝から崩《くず》れ落ちる村長さんでした。

「まあ悪魔の正体《しょうたい》なんてそんなもんですよ」

亡霊《ぼうれい》の正体が枯《か》れた尾花《おばな》だったなんて話もよく聞くもので、思い込みは物事を複雑にするものです。

この村においても、そうした思い込みが蔓延《まんえん》した結果、ただの果実による中毒を悪魔と勘違《かんちが》いして余計な労力を割《さ》くばかりか、被害者の快復《かいふく》を先送りにしてしまったのでしょう。

「なんという、ことだ……」

数年間信じ込んでいた出来事の真相《しんそう》に、村長さんはただ項垂《うなだ》れるばかりでした。

「もう既《すで》に退魔師を手配してしまったのだが……」

あ、そっちですか?

というか随分《ずいぶん》と手配が早いですね?

「このままだとキャンセル料とられちまうのう……」

随分と生々《なまなま》しいところで悩んでおられるのですね?

などと私は怪訝《けげん》そうに眉根《まゆね》を寄せたのですが、しかしながらこの辺りから村の人たちの雰囲気が徐々《じょじょ》におかしな方へと傾いて行っているのを、私は感じました。

ざわざわと、快復した少女を見下ろしながら口々に話し合っているのです。

「おいどうするよこれ……」「やばいわね……」「というか悪魔じゃなかったのアレ」「どうしよう……」『うちではもう色々と準備しちゃってるんだけど……』『うちも……』

なにやら不穏《ふおん》な空気が漂《ただよ》い始めました。

何ですか？　なんだか私がよくないことをしてしまったみたいな雰囲気ではないですか。

「魔女さん、その……」大変申し上げにくそうに少女のお父上は私に尋ねます。「あの、実はまだ娘に悪魔がいるとか、そういう展開はありませんか……？」

ええ……？

「いや、ないと思いますけど……」

「じゃあ退魔師は……」

「いらないと思いますけど……」

いや本当に妙《みょう》な雰囲気ですね。

「えーっ！　じゃあイケメン退魔師に悪魔祓いしてもらえないのー？　そんなぁ！」

何しろついさっき復活したばかりの娘さんまで大人たちの話し合いに参加して大げさに困っておられるくらいでした。

何がなんだか私にはさっぱりなのですが、しかしこれは何だかとっても嫌な予感を感じますね。

「魔女殿」

村長さんは当惑《とうわく》する私に、まことに残念ながらと語り掛けます。「実のところ、我が村では退魔師による悪魔祓いをイベントとして扱《あつか》っていた側面がありまして……」

「えっ」

曰く。

娯楽《ごらく》に乏《とぼ》しいこの村において退魔師による悪魔祓いというのは珍《めずら》しいらしく、近頃においてはもはや毎年の恒例《こうれい》行事と化していたそうな。故《ゆえ》に悪魔に憑かれた少女が出たとたんによその国から退魔師を依頼したのだそうです。

「おまけに今年担当する退魔師は結構なイケメンでしてな、村の娘たちも楽しみにしていたのですよ。何しろ悪魔に取り憑かれる子は幸運と呼ばれていたくらいです」

「ええ……」

そんなことを……今更《いまさら》言われても……困るのですけど……。

「それに近頃はこの悪魔祓いのイベントが村の収入源にもなっていましたので……」

「ということは春の時期に観光客が多いのは」

「悪魔祓いを見るためです」

「なんだと」

ついうっかり言葉が乱れてしまうほどの衝撃的事実が発覚してしまいましたね。

つまり退魔師を呼び込むことはこの村にとっては大きな意味合いがあるのです。当然ながら通りすがりの魔女に解決されていいような問題ではないのです。

「まさか解決できるとは思いませんでしたな……」「どうしましょう……もう悪魔祓いのイベントのために色々と準備しちゃいましたよ……」「困ったのう……」

ゆえに村の大人たちは頭を抱《かか》えました。

ちょっと早めに来た観光客に悪魔に取り憑かれた子を見せようとしたところが、まさか解決されるなどとは彼らも思っていなかったのです。

「魔女様。魔法でどうにかなりませんかな」村長さんが私に尋ねます。

「どうにかとは」

「魔法で再び悪魔に取り憑かれた感じにできませんかな」

「悪魔ですかあなた」

「しかし此度《こたび》のイベントには結構な金がかかってますので……」

困ったなぁーどうしよっかなー、などという雰囲気が蔓延し始めました。同時になんとなく私が悪いことをしてしまった感じの空気が広がり続けるのでした。

大体こういう雰囲気になり始めると、特に何も考えていないお方がよくわからないアイデアを出し始めるもので、

「そうだわ！　魔女さんに悪魔に取り憑かれた振りをしてもらえばいいんだわ！」

ほらこんなことを平気で言っちゃうわけですよ。ついさっきまで近寄る者すべてに唾を吐き捨てていた少女はそんなきらきらとした瞳でわけのわからない提案をするのです。

そして大抵、こんな風に一人が考えることを投げ出すと、次から次へと雪崩《なだれ》のように皆一様にわけのわからないアイデアに賛同するのです。

「おお……！」「そうかその手があったか！」「悪魔に取り憑かれた魔女……イケるわね……」「これは結構な集客が見込めるのではないかな」「いやはや確かに」

とまあこんな感じに。

いやはや困っちゃいましたね。

「や、あの、嫌ですよ？　私やりませんよ？」

断固拒否《だんこきょひ》です。面倒《めんどう》ごとは御免《ごめん》です。いや私のせいで面倒ごとになったのかもしれませんけど嫌なものは嫌なのです。

「でも魔女さん、見て？　今回の退魔師さんはこの人なの！　結構イケメンでしょ？」少女はぐいぐいと私に迫ります。

彼女の手元には写真が一つ。

「べつに相手が誰だろうと関係な――」

などと。べつだん興味も惹《ひ》かれないまま視線を写真に落とした直後、私の口は止まりました。

なるほど確かに中々整ったお顔をした退魔師さんがそこにはおられたのです。まあなんということでしょう。

「ね？　イケメンでしょ？」

「……確かに」

ふむふむと頷く私でした。

いえ乗り気になったわけではありませんけど。

「もしも魔女さんが悪魔に取り憑かれた振りをしてくれるのなら、私が助手としてサポートしてあげる！」

「それあなたが悪魔祓いの人とお近づきになりたいだけじゃないですか」

「悪魔祓いさんとたのしくお喋《しゃべ》り」

「サポートとは具体的に何を」

「そうですか？」

「そんなことないわ」

「村にイケメンがいないから飢《う》えているだけ」

「欲望に忠実ですね」

「あわよくば連絡先もらおうと思ってるわ」

「ほんと欲望に忠実ですね」

「そして最終的には都会のイケメンを紹介してもらうつもりよ」

「退魔師さん踏み台じゃないですか」

「彼氏にするなら高身長で高収入で高学歴で私にだけ優しいイケメンがいいな……」

「悪魔みたいなこと言いますね」

もしかして本当に悪魔に取り憑かれちゃってたりします？

「それと魔女様、言い忘れていたのですがな」村長さんが私と少女の間にぬっ、と割って入ります。

「わが村では悪魔に取り憑かれた者は逆に幸運という言い伝えがありまして」

「逆に幸運」

ってなんですかそれ。

「悪魔に取り憑かれること自体は不幸な出来事なのですが、悪魔祓いという救済措置《きゅうさいそち》もありますから、総合的に見れば幸運なほうという話です」

「……はあ」

そういえば私も仕事で占《うらな》いをしたとき、結果が悪すぎると救済措置としてラッキーアイテムを紹介することがありますが、それと同じようなものでしょうか。

「それとこの村では退魔師による悪魔祓いがかなりの収入源になっておりますので、悪魔に取り憑かれた者には謝礼《しゃれい》として幾らかのお金を支払うことになっているのです」

「謝礼、ですか」

なるほどお金で私を釣るおつもりですね？

中々汚い手を使うではないですか。しかし私も旅人。この村には観光で訪れたのです。いくらお金のためとはいえ、余計な物事に首を突っ込むような真似《まね》は差し控えたいところですね。

「幾らですか」

まあしかし参考までに聞いて差し上げるのもやぶさかではないですね。

まあ受ける気はないんですけどね？　お断りするつもりでいるんですけどね？　強《しお》いて言うなら

ばどれくらいのお金が用意できるのか見てみたいという好奇心が私を駆《か》り立《た》てたわけです。

そして村長さんは紙切れを私に見せてくれました。

「大体これくらいで――」

ほうほうどれどれ。

「やりましょう」

気づけば私は村長さんと固い握手《あくしゅ》を交わしておりました。

恐らく退魔師が来てもこの私の心の奥底に飼われている薄汚い悪魔もとい金の亡者《もうじゃ》は祓いきれないことでしょう。

「それで退魔師さんはいつ頃来る予定ですか？」

私は尋ねます。

村人たちは顔を見合わせ、大体明日の夕方には来る、との返事がどこからともなく返ってきます。

ということは猶予《ゆうよ》は大体一日半といったところでしょうか。

「では明日の正午《しょうご》まで私の自由行動とさせてください。退魔師に悪魔祓いされる振りをするにはそれなりに準備が必要になりますので」

「うむ」村長さんは頷きます。「それで、我々にできることは何かあるかね」

できることですか。

「そうですね、ではこの村の美味しいお店と宿屋を紹介してくれますか」

「それは悪魔祓いに必要なのかね」

いえいえ。

「単に村を満喫《まんきつ》したいだけです」

私、そもそもこの村には観光に来たので。

自由行動を満喫するのも悪くはないでしょう。

○

そして迎えた翌日。

「ああ……なんということだ……！」

「どうしてこんなことになってしまったの……！」

「――お願いします……！　どうか彼女を……あの子を救ってやってください……！」

村の人々の熱演《ねつえん》が光ります。椅子に縛り付けられた私を前に、もはや打つ手なしと退魔師の青年に彼らはすがりつきます。

髪は黒く、堅苦しい黒の衣装を着込む彼の名はヘンリク。体格はやや細く、齢は二十代半ば程度。

村に来た直後にここへと連れてこられた彼は、少しの動揺《どうよう》も見せることなく、極めて落ち着いた様子で村の人々に微笑みかけます。

「お任せください」

必ずや、私が彼女を救ってみせましょう――と。

彼だけが、目の前の哀《あわ》れな少女（大嘘《おおうそ》）を救うことができるのです。

「あー……うう〜……」

さすがに魔女の衣装を着ていては退魔師さんに疑問を抱かれてしまいます。私服姿で、村の女性陣によって椅子に縛り付けられた私は、自由を失い、「あー」やら「うー」しか語ることはありません。

まあ魔女ともなれば悪魔に憑かれた演技くらい余裕《よゆう》ですよ。

「うう……うー……」

庭の赤い果実を食べた者は近寄る者すべてに唾を吐くような人間へとなっていたはずですので、去年までの悪魔は恐らく退魔師に対して唾を吐きまくっていたことでしょうが、しかし私はそんなはしたない真似《まね》はしたくありません。あろうことか素面《しらふ》ですし。

ゆえに退魔師さんを睨みつける程度に留めました。

「……っ」

しかしただ睨むだけでも効果は絶大《ぜつだい》。

退魔師さんは後ずさり、そしておののき、

「な、なんて邪悪な目をしているんだ……！」

…………。

滅茶苦茶《めちゃくちゃ》失礼なことを言ってのけるのでした。

それから彼は村人に私の名前を尋ねたのち、私に対してありとあらゆる罵詈雑言《ばりぞうごん》を浴びせます。

ここら一帯における一般的な退魔師による悪魔祓いといえば言葉による攻撃です。

つまり例年通りの悪魔祓いが始まったわけです。

「こ、この薄汚い悪魔がぁ！」退魔師による罵倒《ばとう》です。

「うー」とりあえず一言だけ返しときました。

「彼女の身体から出ていけ！　この悪魔めが！」

「あー」

「はっはっは！　どうした？　退魔師が怖くて言葉も出せないのか？」

「うー」

「なにかまともな言葉を少しでも語ったらどうなんだ貴様！」

「あー」

「くっ……どういうことだ……！　まるで歯ごたえがない……！」

演技がばれてしまわないだろうかと少々冷や冷やしながら、私はただただテキトーな相槌《あいづち》を繰り返すのみです。

「やはり普通のやり方では効果なしか……仕方あるまい」

ところで数多《あまた》の悪魔と対峙する退魔師は、悪魔との戦いのために様々な道具を常日頃から持ち歩いているといいます。

退魔師ヘンリクさんは私から一旦《いったん》離れると、大きな鞄《かばん》を持って戻って来ました。

どうやら退魔師の秘密兵器の数々はその中に収められているようです。

「ふふふ。悪魔よ、これが見えるか？」

ヘンリクさんは鞄の中から、瓶を取り出しました。お上品で高そうなラベルが張り付けてあるお水は、彼が働く組織で作られる特殊なお水だそうです。悪魔に取り憑かれた者の身体にぶっかけることで滅茶苦茶不快《ふかい》な思いをさせることができるといいます。

私はちらりと村の少女に目配《めくば》せを送ります。イケメンとお近づきになってイケメンを紹介してもらいたいなどという下心満載かつ貪欲《どんよく》な理由だけで私の助手に名乗り出た彼女です。

すかさず彼女は私達の間に割って入り、退魔師さんにこしょこしょと耳打ちをしてくれました。

「え？　濡《ぬ》れるのはＮＧ？　そうですか……」

服が濡れるのはいやなので別の方法でお願いしたいです。

「ではこれならどうだ！」

高らかに叫びながら鞄から出したのは鉄の棒。曰く、悪魔に取り憑かれた者の身体をぺちこーんと叩《たた》くことで悪魔に対して苦痛を与えて身体から追い出す道具だそうで私はもれなく村の少女に目配せを送りました。

「え？　痛いのもＮＧ？　そうですか……」

別の方法でお願いします。

「では独特な臭《にお》いのお香《こう》ならどうだ」

ちょっと独特なタイプの臭いのお香は悪魔に対する嫌がらせに最適だそうです。ただしこれは普通の人間に対しても不快感を与える諸刃《もろは》の剣《つるぎ》。そして私は普通の人間ですので当然の如く村の少女

に目配せを送り、

「え？　臭《くさ》いのもＮＧなんですか……？」

やっぱり別の方法をお願いしたいのですけれど、

「あの、逆に聞きたいんですけど何ならいいんですか……？」

さすがに三度も拒否されたとあって少々警戒する退魔師さんでした。

「ちなみに他には何がありますか」

村の少女は極めて冷淡《れいたん》に尋ねます。

昨日《きのう》まで唾を吐き散らしていた面影《おもかげ》はどこにもありません。ついでに「イケメンとお喋りできる！　やったー！」などと喜んでいた面影もどこにもありません。雰囲気に合わせているのか極めてドライな雰囲気を醸《かも》していました。

「えっと……」困惑しながらがさごそと鞄を漁《あさ》る退魔師ヘンリクさん。「つまらない本の読み聞かせとかですかね……」

「なるほど」少女がちらりと私を見やります。「如何《いかが》でしょうか」

「うー」首を振る私。

「駄目だそうです」

「ええ……」

「罵倒オンリーでお願いします」

「ええ……」

当惑《とうわく》する退魔師さん。

椅子に縛られて座らされているだけでも結構な苦痛だというのに、これ以上変なことをされてしまっては私のストレスが限界に達してしまいます。できる限り穏便《おんびん》に済ませてくれたほうがありがたいですね。

「では罵倒だけでやってみます……」

くたくたになりながらも青年退魔師ヘンリクさんは立ち上がり、再び私と対峙します。

手を伸ばせば触れられそうな距離まで私に近寄ると、彼は、

「この悪魔め！」

と叫びます。

「あーうー」

少々やかましくもありますが、私は表情を殺したまま、言葉にならない言葉を漏《も》らします。

演技がばれてしまわないだろうかと少々冷や冷やしながら、私はただただテキトーな相槌を繰り返すのみです。


さて。

ところで。

さすがに罵倒オンリーでは言葉のレパートリーが減ってしまいますね。ひょっとすると周囲の村人や観光客たちに怪《あや》しまれてしまうやもしれません。

ですので、

「もうちょっと過激《かげき》な言葉使っても大丈夫ですよ」誰にもばれないように、こっそりと私は彼に語り掛けました。

「マジですか？　分かりました」

小声で目の前の彼は頷きます。

彼の演技がばれてしまわないだろうか、と少々冷や冷やしながら、私はただただテキトーな相槌を繰り返すのみです。

○

今よりも数週間ほど前の話になります。

「ああ不安だ……不安だ……」

とある国の通りにて。

黒い衣装を身にまとった彼は、大きな荷物を抱えながら、足元を眺めてふらふらと歩きます。

「一体僕はどうすればいいのだろう……」

まるで悪魔か何かに憑かれたかのように青年の歩みに覇気《はき》はなく、時折漏れるため息は魂《たましい》ごと口から漏れてしまいそうなほどに深く重々しいものでした。

おやおや。

「お困りのようですね」

ひょい、と彼の歩みを一人の魔女が妨《さまた》げました。

「……どなたですか？」覇気のない瞳がこちらを覗きます。

こほん、とわざとらしい咳《せき》ばらいをしつつ、私は、

「通りすがりの占い師です」

とのたまいました。

旅の途中、稀《まれ》にまっとうな占いをしてお金儲《もう》けをする日が私にもあるのです。

「よければあなたの運勢、占って差し上げましょうか？」

退魔師の彼と出会ったのは、まさにそんな風に私が珍しく真面目に占い業を営んでいたときのことでした。

「で、どんなことを占います？」

道端《みちばた》に作った即席のテーブルを挟《はさ》んで向かい合い、尋ねます。

彼は落ち込みながらも話してくれました。

「……実は僕、仕事で退魔師をやっているんですけどね……、今度滅茶苦茶ヤバい仕事をやらなきゃいけなくなったみたいなんですよ……」

「ほうほう」

曰く、数年前から近くの村に毎年のようにとてもとても厄介《やっかい》な悪魔が出没しているそうで、今年も恐らく近いうちに村から要請《ようせい》が来ることはまず間違いないそうな。

そして今年は彼が村に行く役割を担うことになったといいます。

「去年までは僕の先輩がやってくれてたんですけどね……、タイミングが悪いことに先輩は今、育児休暇中でいないんです……」

「なるほど」福利厚生《ふくりこうせい》が充実したいい職場ですね。

「それで今年は僕が担当することになったんですけど……、例の村に関しては悪い噂しか聞かないんですよ――」

彼が先輩から聞いた話では、件《くだん》の村に出没《しゅつぼつ》する悪魔は、どんな言葉を投げかけても、どんな強引な手法を使っても、うんともすんとも言わないのだそうな。

「むしろ『あー』とか『うー』とかしか言わないんです」

昨年まで担当していた先輩退魔師さんは件の村に行く度《たび》にへとへとになって帰ってきていたそうで、そんな様子を見ていたからこそ彼は行く前からひどくナーバスになっておられるのだそうです。

困っちゃいましたね。

「謝礼は信じられないくらいの額をくれるみたいなんですけどね……、その分物凄《ものすご》く疲れるみたいで……」まあ要するに村には行きたくないというお話ですね。「本音を言えば金だけ貰《もら》って適当に仕事して帰ることができれば最高なんですけどね」

「そうなんですか。本音が過ぎますね」

「日々悪魔を相手にしていると心がすさんでいくものなんですよ……」

ふふふ、と力なく笑う退魔師さんでした。

「で結局どういったことを占います？」

首をかしげる私です。

「そうですね……とりあえず再来週《さらいしゅう》あたりの運勢を見てもらえないでしょうか……？」

「なるほど」

がってんですー。と私は頷くと、それからカードを何枚かめくりました。カード占いですね。

「えーっと」

結果はわりとあっさり出ました。「二週間後のあなたの運勢最悪ですね。救いようがないくらいに最低最悪ですね」

「最低最悪……」

まるでこの世の終わりのような顔を浮かべる退魔師さん。「では仕方ありませんね……、件の村から依頼が来たら逃げることにします……」

「え？　逃げても大丈夫《だいじょうぶ》なんですか？」

「ははは！　大丈夫なわけないじゃないですか！」

「…………」

「まあでもヤバい仕事をするよりはマシかもしれませんがね！」

もはや青年は半分開き直っておりました。

哀れ……。

「あの……まあ、そう落ち込まないでください。運勢が悪すぎる場合には救済措置も用意されていますよ」

「救済措置……？」

「ええ」

「ではとりあえず村に行かなくても謝礼が貰える救済措置をお願いします」

「そういう都合《つごう》のよい救済措置はないです」

「どういったものならあるのですか」

「ただのラッキーアイテムです」

「ラッキーアイテムですか……」少々落胆《らくたん》しておられる退魔師さんでした。

「まあ二週間後の不幸を和《やわ》らげるラッキーアイテムがどのようなものかを見てみましょう。それさえ持っていれば、おそらく不幸な目には遭わなくなることでしょうし――」

そして私は再びカードをめくります。

結果。

「ラッキーアイテムは悪魔です」

「悪魔、ですか」

「悪魔を持ち歩けば不幸にならないそうです」

「どうしろと」

「…………」

どうしろと、と言われましても。

悪魔が傍《そば》にいなければ不幸になるということですし、

「仕事から逃げるとろくな目に遭わないということじゃないですかね……」


などと。

そのような占いをしてみせたのが今からちょうど二週間ほど前のことになるわけですが、いやはや私の占いもそこそこ当たるものなんですね。

――でも魔女さん、見て？　今回の退魔師さんはこの人なの！　結構イケメンでしょ？

退魔師さんを心待ちにする村人の少女の手元には写真が一つ。

中々整ったお顔をした退魔師さんがそこにはおり、私はとても驚きました。

それは私の占いを受けた退魔師さんその人だったのです。

であるならば話はとっても早いですね。

私がこの村に来て、二日目の夕方頃のことです。

「ああ不安だ……不安だ……」

山間の小さな村への道を一人歩く青年の姿がありました。黒い衣装を身にまとう彼は、大きな荷物を抱え、重い足取りで村へと向かっていきます。

おやおや。

「お困りのようですね」

不安にまみれた彼のもとに、木陰《こかげ》から一人の女性がひょいと姿を現します。

「……！　あなたは……！」

青年は、驚愕《きょうがく》に目を丸く剝《む》きました。

そこにいたのは灰色の髪をさらりと伸ばし、黒のローブと三角帽子《ぼうし》を着込んだ魔女。

一体誰でしょう？

彼女はいたずらっぽく笑いながら、ご挨拶《あいさつ》をしてみせました。

「こんにちは。悪魔です」

○

つまり。

村に辿《たど》り着く前のヘンリクさんを捕まえ、事情をすべて詳《つまび》らかに説明しておいたうえで、彼に一《ひと》芝居《しばい》うってもらえるように話を通しておいたのです。

「それって要するに金だけ貰って適当に仕事して帰ることができるということですか……？」

彼は快諾《かいだく》してくれました。

一応、悪魔祓いは村では一大イベントとして扱われるものになっていましたので、ヘンリクさんはその日の夜になるまで私を罵倒し続け、そして私は相変わらず「あー」だの「うー」などと言い続けました。

「大体何だ貴様！　悪魔のくせにそんな貧相《ひんそう》な身体に入って！　さては貴様幼い子が好み──」

「は？」

「すみません」

時々脱線《だっせん》しつつも、ヘンリクさんによる悪魔祓いは、総合的に見れば成功と思える程度の盛り上がりを経《へ》て、終わりました。

私の身体もすっかり元通り。

まあ元々悪魔に身体を乗っ取られてなどいませんでしたけれども。

「いやあありがとうございました魔女様……」すべて終わったところで村長さんがそそくさと私のもとへとやってきて、謝礼を手渡します。「実にいい演技でしたぞ。退魔師殿《どの》をうまく騙せましたな」

「まあ私の手にかかればちょろいもんですよ」

ふふふ、とお金を懐《ふところ》へと仕舞《しま》う汚らしい魔女こと私。

悪魔に魂を売った覚えはありませんが、金の亡者には憑りつかれているやもしれませんね。

ともあれ私の身体が表面上元に戻ったこともあり、役目を終えたヘンリクさんはすぐに帰り支度《じたく》を始めてしまいました。彼は謝礼を貰ったらとっとと帰りたいタイプの退魔師なのです。

「おやもうお帰りで？」

村長さんはふらふらと私からヘンリクさんの方へと歩み寄ります。「よければ何泊でも泊まっていってください。退魔師殿のおかげで我が村は救われました」

主に収益の面で。

「いえ、僕は大したことなどしていませんよ――」

まあ主に私と演技をしていただけですしね。

「何をおっしゃいますか！　退魔師殿がいなければ今年の村は終わりでしたぞ！」ちなみに余談《よだん》にはなりますが私は退魔師ヘンリクさんに事情を詳らかに話していますので、この村が近頃悪魔祓いで一儲けしようとしていることも当然ながら知り得ています。「来年もぜひよろしくお願いします！　退魔師殿！」

「あ、来年もですか」

もはや現時点で来年も悪魔祓いが行われることは村長さんの中では確定事項であったようです。こんな儲け話手放せるわけねえ、という薄汚い心が村長さんの瞳を輝かせておりました。

果実の毒によってただあーうー言っているだけの人間を縛り付けて、退魔師を呼んで悪魔祓いをさせるだけで観光客が来るのですから、村にとってはこれほどちょろい話はないでしょう。

しかし言い換えるならばヘンリクさんにとってもちょろい話でもあります。演技してればいいだけですし。謝礼いっぱいもらえますし。

ゆえに、

「悪くない話ですね……」

「ほっほっほ。そうでしょう、そうでしょう」

穏やかに言葉を交わしながらも、村長さんとヘンリクさんの間にはどことなく澱《よど》んだ空気が漂《ただよ》っているように思えなくもありませんでした。

そんな二人の様子を眺《なが》めながら、悪魔祓いの最中に私の助手を担当してくれていた少女は嘆息《たんそく》を漏らします。

「はあ……」

とてもとても深く、ため息を漏らします。

おやおや。

「連絡先、聞かなくていいんですか?」

イケメンにイケメンを紹介してもらうチャンスですよ？　と私は彼女に悪魔の囁《ささや》きをひとつ。

しかし彼女はゆるりと首を振ると、

「なんか、いまいちイケメンじゃないし、いいや……」

と悟《さと》りきった顔で言うのでした。ついでに「写真で見たときはもうちょっと格好よかった気がするんだけどなぁ……」と遠い目をする始末《しまつ》。

期待しすぎて落胆《らくたん》してしまったのでしょうか。

あるいは顔立ちのよい彼もまた欲に忠実な人間であることを知って冷静さを取り戻したのかもしれませんね。

ヘンリクさんを見つめる彼女の目は真冬の雪原のように冷めきっていました。

ですから私は彼女の肩に手を置きつつ、答えるのです。

「まあ……実物なんてそんなもんですよ」

悪魔の正体がただの果実だったのと同じように。

三つの国の話：人が勧める物なので

炭《すみ》の魔女サヤというのがぼくを表す魔女名であり、魔法統括協会《とうかつきょうかい》とは、そんなぼくが属している組織のことを指します。

旅人をしながら国々を渡るぼくは、この組織からの依頼《いらい》をこなして報酬《ほうしゅう》を貰《もら》いながら国々を渡っているわけですけれども。

しかしいつでも四六時中《しろくじちゅう》依頼と向き合っているわけではありません。

時にはお仕事をお休みする日もあるものです。

「…………」

朝、宿屋にて。

開けっ放しの窓のカーテンがゆらりゆらりと波打ち揺《ゆ》れながら、窓辺のプランターに並んだ花たちの香りとともに朝の風が部屋の中まで吹き抜けます。

冷たいようで、けれど不思議と不快感《ふかい》はなく、そっと髪《かみ》を撫《な》でるように通り過ぎる風は、ぼくを穏《おだ》やかに起こしてくれます。

瞳《ひとみ》をゆっくり開くと、夜の色の空。

遠くのほうで昇り始めたばかりの陽は、空に漂《ただよ》う雲だけを赤く染めて、輝いています。鮮《あざ》やかな赤と、それを覆《おお》いつくすほどの深い青が広がる早朝の空に見惚《みと》れつつ、ベッドから身を起こします。

その日の目覚めが心地よければよいほど、なんだかもうその日一日オフにしてのんびり観光でもしちゃおうかなと思えてしまいます。

心地よい朝を迎えたら、きっとそれから素敵《すてき》な一日が始まるに違いないのです。

だからそんな日は、お仕事せずに休むことに決めています。

「おはようございます……」

ぼくはベッドからむくりと起き上がりつつ、伸びをしました。みょん、と頭の上で寝ぐせも一緒に伸びた気配がありましたので、ぼくは自らの頭を撫《な》でつつ、ベッドから降ります。

つまるところ、今日はそんな、いい日だったのです。

○

その日、ぼくが滞在していた国B（仮称《かしょう》）は、よその国からいいものをとにかく取り寄せたがる国民性を持っており、街をひとたび歩けば様々な景色《けしき》を見ることができます。

東洋風の建物であったり、レンガ造りの建物であったり、漆喰《しっくい》であったり石造りであったり。軒《のき》を連ねる家々はバリエーションに富んでいて、色々な街からひとつまみずつ街の景色を切り抜いて貼《は》り付けたかのような街並みは歩けど歩けど飽《あ》きないものです。多くの文化が混ざり合う街並みの様子を指して、この国は文化の釜《かま》などと巷《ちまた》では呼ばれているといいます。

しかし色々な国のよい部分を切り取った景色は面白くあるのですけれど、同時に悩ましいものもあります。

「どうしましょう……」

お部屋でしばしゆっくりしたのち、私服に着替えて街に出たぼくはうむむ、と悩み、足を止めるに至《いた》りました。

せっかくのいい一日の始まりでしたから、朝食を何か口に入れたい気分だったのですけれど、しかしこの国は多くの国から文化を取り寄せている故《ゆえ》に選択肢があまりにも多いのです。

そのうえ、この国の人々は早朝でもやけに活気《かっき》にあふれているのです。

街のいたるところで既《すで》に当然のようにお店が開かれており、お店によっては長い行列ができていたり、もしくは人が店先に群がっていたり。

どうやら文化が多いぶん、競争も激しいみたいですね。

「うへえ……」

顔をしかめながらぼくが足を止めたのは、とある本屋さん。本日は若い女の子たちの間で人気の舞台役者さんの写真集の発売日らしく、女の子たちがきゃあきゃあと餌《えさ》に群がる野鳥の如《ごと》き勢いでお店に押し寄せていました。

それはたとえば、

「きゃあー！　かっこいい！」「すてき！」などと店先で本を開いて卒倒《そっとう》する女の子であったり、

「…………」あるいは無言で足早《あしばや》に立ち去る者。

「この写真最高じゃね？」「分かる」お店の目の前で語り合いはじめる者などなど。

写真集を買った女の子の反応も多種多様でした。さすが釜の国ですね！

「…………」

ところで。

話はぐるりと変わりますけれども、ぼくが所属する魔法統括協会には、ぼくの妹のミナも働いています。ぼくと同じく黒い髪で、けれどぼくよりも髪は長く、そして結構綺麗《けっこうきれい》な自慢《じまん》の妹です。

実のところ、その自慢の妹も現在、この国に滞在《たいざい》している最中なのだそうです。

ちなみにぼくの妹のミナは行列や人だかりが苦手で、かっこいい男性などにも一切興味を示しません。むしろ男性を毛嫌いしているような気配すら時折見せます。

ですからもしも妹のミナがこの場にいたとしても、舞台役者さんの写真集などには微塵《みじん》も興味を見せないことでしょう。

「ああっ……素敵すぎる……！」

なのでぼくの目の前で多幸感《たこうかん》に包まれた表情で地面にころりと転がっている黒髪の女の子はたぶん妹とは何の関係もない別人なのでしょう。明らかに見たことある私服を着込んでいましたけれども、東洋生まれの顔立ちしていますけれども、まあここは釜の国と言いますし？　そこに住む人も多種多様といっても過言《かごん》ではないのではないでしょうか。

「最高だわ！　このまま死んでしまいそう！」虚空《こくう》に向かって叫ぶ彼女。

「…………」ぼくは彼女を見下ろしました。

「ああっ！　今日はなんていい日……な……の……」彼女の目がぼくを捉《とら》えます。「…………」そして黙《だま》ります。

驚くべきことに見れば見るほどその姿は妹そのものです。

「……あの、もしかして、ミナ？」恐《おそ》る恐る尋《たず》ねるぼく。

「ちがいます人違いですさようなら」

彼女はそのまま起き上がり、足早にどこかへと去ってしまいました。

なあんだやっぱり人違いでしたね！

とまあそんな風に変な人に遭遇《そうぐう》したりもしましたが、とにもかくにもぼくは朝食を摂《と》るべくお店を探し歩いたのです。

この街は広く、色々なお店があります。

街を歩いていると、懐《なつ》かしい匂《にお》いがしました。釣《つ》られるように歩いていくと、人だかり。お団子屋《だんご》さんがありました。

「これがお団子というものなのね！　美味しいわ！」「東洋の偉人《いじん》たちが愛した味……身に染みるわ……」「甘い……」

ここ最近、この国で人気のある著書《ちょしょ》でお団子が紹介されたそうです。影響されやすい人が多いのでしょう。大盛況《だいせいきょう》でした。

「故郷《こきょう》の味……」

ちなみにその中にはなぜか妹の姿も紛《まぎ》れ込んでいました。

「なにやってるのミナ」

「ちがいます人違いですさようなら」

またしても逃げられました。

それからしばらく歩くと、今度は化粧品屋《けしょうひんや》が目に入りました。

なにやら本日は全《まった》く新しい化粧品の発売日だそうで、店先には人だかりができていました。

「ご覧ください！　このように釜に魔力を注ぐと、なんと！　妖精《ようせい》さんが出てきてくれるのです！」

ふわふわと釜の中から現れた小さな小さな生き物は、それから観衆《かんしゅう》の合間を飛び回り、次から次へと口づけをして回りました。

近くの国A（仮称）のセレブ達がこぞって愛用しているともっぱら噂《うわさ》のこの妖精さんの化粧品は、お値段はそこそこ張《は》るものの、この国でも結構な人気を集めているようです。

「どうして国Aのセレブ達のお肌が綺麗なのか、分かりますか？　そう！　この妖精さんにお肌を綺麗に保ってもらっているからなのです！」

お店に群がる人だかりのあちこちから「凄《すご》い！」「私も欲しいわ！」「私も！」と声が上がります。

まるで口づけそのものに催眠《さいみん》効果でもあるのかと思えてしまうほどに、挙《あ》がる手は後を絶《た》ちません。

「私もー！」

そして当然のようにその人だかりの中にはぼくの妹たるミナの姿もありました。妖精さんの口づけを華麗《かれい》に躱《かわ》しながら彼女は手を挙げていました。

「なにやってるのミナ」

「……！」迫りくる妖精さんを手でたたき落としながらこちらを振り向くミナ。「違いますす人違いですさようなら」

どう見てもそれは妹のミナ本人だったのですけれども、やっぱりまたしても逃げられました。

それからまたしばらく街を歩いたところで、今度はちょっと裏通りにある本屋さんへと続く女の子の行列を見つけました。

ちらりとお店から出てくる女の子達を窺《うかが》ってみると、なにやらその手にディープな内容の本が抱えられております。

一風変わった本を扱《あつか》う本屋さんのようですね。

まあ釜の国ですから、そういった変わった文化もあるのでしょう――などと物思いにふけりながら眺めていると、当然のようにぼくの妹がそのお店の中から現れました。

「あ、ミナ――」

その手にはディープな内容の本が抱えられていました。

具体的に言えば年齢制限のかかる感じの本でした。

「…………」ぼくは踵《きびす》を返しました。「ちがいますね人違いですねさようなら」

ぼくの妹は破廉恥《はれんち》な本を読んだりしません。

「まって姉さん」

がし、と肩を摑《つか》まれました。思いのほか強い力で彼女はぼくの肩を摑み、そのままぼくをやや強引に振り向かせます。「話を聞いて。誤解《ごかい》なの」

「……大丈夫だよ、ミナ。ぼく、ミナがどんな趣味《しゅみ》を持っていても、引かないから」

「広い心で受け入れようとしないで。誤解なのよ姉さん」

「大丈夫だよ……ミナ。そういうものに興味を持つお年頃、だもんね？　仕方《しかた》ないよね……」

「遠い目をしないで姉さん。誤解よ」

こつん、とぼくの頭に年齢制限がかかるタイプの本を落とすミナ。「というか、こんなときに迂闊《うかつ》に話しかけてこないで頂戴《ちょうだい》」

まったくもう、とミナは頬《ほお》を膨《ふく》らませました。

「こんなときって何？」何してるんです？

「見れば分かるでしょう。仕事よ」

「いや見て分からなかったから聞いたんだけど……」

「それは私の演技が完璧《かんぺき》だったという賛辞《さんじ》の言葉ね。有難《ありがた》く受け取っておくわ」ふぁさー、と髪をなびかせるミナ。

妹はそのうえで、

「姉さんだって一度くらいはやったことあるでしょう？　覆面調査《ふくめんちょうさ》」

察しのわるいぼくにミナは呆《あき》れつつも答えてくれました。

覆面調査。

というのは、魔法統括協会職員のお仕事の一つです。

まあざっくりと言えば覆面調査というのは、要するに巷《ちまた》で魔法絡《がら》みの事件や事故が起こっていないかをこっそりチェックする業務のことを指します。協会の職員であることが明るみになってしまうと、悪いことをしている連中が雲隠れしてしまう可能性がありますから、基本的には魔法使いらしくない格好をするのが定石《じょうせき》。当然ブローチは外しておきます。私服姿が望ましいでしょう。旅人であることもばれないほうがよいため、その国独自の文化に溶け込み、休日を満喫《まんきつ》している風に見せかけながら目を光らせることが重要となります。

つまるところ妹はその業務中であるということであり、

「てっきりミナが変になっちゃったのかと思ったよ……」

ぼくの心配は杞憂《きゆう》であったということです。

そんなぼくにミナは心底《しんそこ》うんざりとした表情で項垂《うなだ》れるのです。

「この国は色々な国の文化が集まる国だから、定期的に調査しないと危ないものが簡単に出回るらしいの。だから変わったものを積極的に買っているだけよ」

なるほどなるほど。

「じゃあさっき買ってた舞台役者さんの写真集も」

「興味なんてあるわけないじゃない」ぺっ、と吐《は》き捨てるミナ。

「よかったぁ……いつものミナだ」

「姉さんから見た私の印象って何なの……」じとりとミナは目を細めます。

ところで、せっかくの再会ですし。

「よかったら手伝おうか？　お仕事」

とぼくはご提案。

しかしミナはいともあっさり首を振るのでした。

「結構よ。時には休息も必要よ、姉さん」

「ちょうど今休暇中だよ」

「そうなの。ちなみに私は今もずっと仕事中よ」

「時には休息も必要だよ、ミナ」

「心配いらないわ。休暇みたいな仕事だもの」

「だったらぼくが手伝っても問題ないよね？」

言いながらぼくは通りの先、どこにでもありそうなレストランを指差します。

この国は様々な文化が混ざり合う、釜のような国。

「ちょっとこの国の料理の調査、してみない？」

だったら覆面調査のついでにお料理を堪能《たんのう》したところで、何の問題もないのではないでしょうか。

○

結局、ミナはぼくの提案に折れて、一緒にレストランで食事を摂ることになりました。

窓際の席へと案内され、ぼくとミナの前にお水と、メニュー表が配られます。ウェイトレスさんは「注文が決まりましたらお知らせください」と首を垂《こうべ》《た》れて、ぼく達のもとを離れます。

ぼく達が訪れたそのレストランはどこにでもありそうなレストランながら、しかしこの国らしく様々な国の料理を取り扱っていました。パスタやステーキ、フライものにパンケーキ、それと懐かしきぼくらの故郷《こきょう》の料理等々。メニュー表はとてもごちゃごちゃとしていて、「隣《となり》の国で人気！」だとか「あの舞台で出てきた料理！」などなど、宣伝文句《せんでんもんく》がこれでもかというほどに並べられています。

読みづらいことこのうえなく、

「つくづく理解できないわ」

対面するミナの眉間《みけん》には皺《しわ》が寄っていました。「この国は人が勧《すす》めたものばかり絶賛《ぜっさん》するのね。人が勧めているといってもそれがいい物であるという証明ではないのに」

吐き捨てるように妹はメニュー表を眺めるのでした。朝から散々《さんざん》人だかりにくっついては人気の商品を買い漁《あさ》って疲れているようです。

ぼくは頷《うなず》きました。

「そうだね」けれど本音を言えば、この国の人たちの気持ちも分からなくはないのです。「でも、人が持っている物って魅力的に見えるものじゃない？　それが魅力的な人だったら尚更《なおさら》」

たとえば国Ａ（仮称）にはこの国では考えられないような資産を抱えるセレブ達が多くいるそうです。そんなセレブ達がこぞって買っている化粧品がある、と言われれば気にはなるものですし、そこに人だかりができていれば当然のように吸い寄せられるものでしょう。

「どんなものであれ、憧《あこが》れの人が持っている物はその時点で素敵なものに思えるものだよ」

と窘《たしな》めるようにぼくはミナに語り、けれど彼女は、

「そういうものかしら……」と面白くなさそうにメニュー表を指でなぞるのでした。

「ねえミナ、ところで話変わるけど」

「ええ」

「手、綺麗だね」

すすす、とミナの手を触るぼくでした。

「……急になに」

もしかしたらぞわっとしたのかもしれません。ミナはびくりとしながら手を引っ込めて、警戒心むき出しの目をこちらに向けてくるのでした。

いやいや下心はないのです。

妹に対して劣情《れつじょう》というか下心を出したわけではないのです。

「ほら、さっき、化粧品屋さんで妖精さんを叩き落としたでしょ？　そのときに妖精さんが当たって、手が綺麗になったんだろうね」

一度見ただけなので確証はありませんが、あれは恐らく魔力を妖精らしい姿に変えただけの代物《しろもの》。たぶん手で触れただけで効果は得られるのでしょう。

「ほら、並べてみて」ぐい、とミナの両手をとって引っ張るぼくでした。

並べてみれば明白で、妖精に触れた手のほうが明らかに綺麗になっていました。

ぼくはこの国のことはよく分かりませんけれども、

「まあ人だかりができるということは、その時点で価値がゼロでないという証明にはなっていると思うよ」

とだけは、はっきり言えました。

「…………」

ミナは両手をぼくに掴まれたまましばし黙《だま》り、何を考えているのか分からない無表情でぼくを見つめ、そしてやがて、

「そうかもしれないわね――」

と頷くと、「ところで姉さん、注文は決まった？」と首をかしげるのでした。

「…………」

「……決まった？」

「ぼく今結構いい話してた気がするんだけど」

ぱっ、と両手を離すと、ミナは頬杖《ほおづえ》をつきました。

「ええ。身に染みるいい演説だったわ」ふぁさー、と髪がなびきました。

「なんだろう全然染みてない気がする」

「で注文は決まったの？　姉さん」

「決まったよ。ぼくこれにする」

メニュー表を指差すぼく。

店長のおすすめ！　と綴《つづ》られている極めて無難《ぶなん》でどこにでもありそうなメニューでした。

「なんか色々なメニューがあってよく分からないときは一番無難なメニューを選んだほうがいいって旅人仲間に教えてもらったことがあるんだ。無難なものがいちばん後悔しないいんだってさ」

「そう」

そしてミナは頷くとウェイトレスさんを呼びました。

ほどなくして現れた店員さんに、ぼくは「このパスタ一つ！」とメニュー表を指差します。

「ミナはどうする？」

そういえば聞いてませんでしたけど？　とぼくがお伺《うかが》いをすると、彼女は、

「そうね――」

と、ぼくを一瞥《いちべつ》してから、言うのです。

「じゃあ、姉さんと同じものを」

第六章

笑わないルチル

少女の母はよく笑う人でした。

おはようの時も、いってらっしゃいの時も、おかえりなさいの時も、おやすみなさいの時も。少女にとっての母はいつも笑顔を浮かべていて、いつも当然のように優《やさ》しくて、まるで太陽のように暖かいお母さんでした。

怒っているところなど見たことがありません。悲しんでいるところも見たことがありません。少女のお母さんはいつでも愛に満ちています。

ある日、少女はそんな優しいお母さんを見上げて、尋《たず》ねます。

「お母さんはどうしてそんなに優しいの？」

少女のお母さんは「それはあなたがいつもいい子にしているからよ」と答えました。

「じゃあ私がいい子にしてなかったら優しいお母さんじゃなくなる？」

少女のお母さんは「そうかもしれないわね」と、くすりと優しい笑みをこぼしました。

少女は尋ねます。

「お母さんはどうしていつも笑っているの？」

少女のお母さんは「それはいつも嬉しくて楽しいことばかりだからよ」と答えました。

「じゃあ嬉しくて楽しいことばかりじゃないと笑わなくなる?」

少女のお母さんは「そうね」と笑いました。

遠く、遠くを眺めながら、笑いました。

「こんなことを言っても信じられないかもしれないけれど——お母さんもね、昔はまったく笑わない時期があったのよ」

お母さんは跪《ひざまず》き、娘と真っすぐ見つめ合いました。

歳の頃は十歳程度。

あまり笑顔を見せなかったのもこの頃のことでしょうか——赤みがかった橙《だいだい》色の髪《かみ》を優しく撫《な》でてみると、少女は「くすぐったいよ」と少し恥ずかしそうでした。

少女はよく笑う子でした。

姿は似ていようとも、自分自身とは似ても似つかないほど、笑顔で満ち溢《あふ》れています。この子の笑顔のためなら何でもしてあげたいと彼女は思いました。

「私、お母さんが小さかった頃の話、聞きたい」

だからそんな些《さ》細《さい》な願いを聞き入れるのも、当然でした。

少女の母親は答えます。

「そうね——じゃあ、少し昔話をしましょうか」

笑顔で答えます。

「それはお母さんがまだあなたと同じくらいの歳の頃の話」

昔々、嘘《うそ》つきと一緒だったときの話です――と。

○

流れ者の旅人ゆえに自身を着飾る装飾品にはさほど興味がありません。

旅人など通り過ぎる雨や風と同じで、いちいち記憶に留めておくような存在感を放つ必要がありませんし、覚えてもらうために着飾ることにはあまり意味もありません。高級品などはなおのことです。

だから私が身に着ける装飾品は、たとえば自らの存在を端的に表すための象徴《しょうちょう》たる魔女のブローチであったり、あるいは単なる貰い物であったり、もしくはいわくつきの怪しい代物《しろもの》であったり。

そんなものが多いのです。

「むむむ……」

宝石店にて。

穴があくほどにネックレスを睨《にら》みつける私に、店主さんは手で空気をこねこねしながら様子を窺《うかが》います。

「魔女さん、どうかな。このネックレスなんかは特によい代物でね、サファイアをあしらっているものなんだが、うちでは値段が安くてね――」

私は基本的に高級ジュエリーなどは持ち歩かない主義なのですけれど。

例外もあります。

流れ者の旅人であるがゆえの例外です。

国によって物の価値というのは面白いくらいに変動します。たとえばこの国ではそれなりに安いジュエリーが他の国ではそこそこ高価で買い取られているだとか、そんな事情も当然ながらあるのです。安い国で買って高い国で売れば当然ながら差額のぶんだけ儲《もう》かります。

私が目下頭を抱えているのは、まあつまるところそういった事情によるものです。

本日私が訪れているこの国は、よその国に比べて宝石の類の価値が少々低いようで、中々にお手頃価格で店頭に並べられているのです。

しかしお手頃価格といえども宝石であることに変わりなく、そう簡単に買える価格ではありません。

「このネックレス、普段なら一つで金貨三十枚だが、お嬢ちゃん可愛いし、ここはサービスで三つにしてやるわ。どうだい？」

だからこんなことも言ってくるわけです。何なら安すぎてちょっと怪しさが漂うくらいです。

「まじですか？」やー困りましたね。「でも私が可愛いのは周知《しゅうち》の事実ですしね……」というかそもそも同じネックレス三つも要りませんしね……。

「じゃあおまけもつけてやるよ。それならどうだい？」店主さんは絶対に逃がすまいと食い下がります。店の奥まで消えると、直後にもう一つネックレスをもって戻って来ました。

そこそこ綺麗なネックレスでした。

「これもつけるから、どうだい」と店主さんはのたまいます。

「それはお幾らのネックレスで？」

「値段は付けられん代物さ」

「…………」

「今ならなんとこれを二つつけちまうよ！　これならどうだい？」

「…………」綺麗ではありますけれども、なんとなく安っぽい代物に見えますけれども。「値段がつけられないくらいの安物って可能性はないんですよね？」

「…………」

「店主さん？」

すると店主さんは遠くを見ました。

清々《すがすが》しいほど遠くを見ながら、彼はわざとらしい咳《せき》ばらいをひとつ。そのうえで、

「魔女さん、タダよりも高いものはない、という言葉を知っているかね」

などとぬかすのです。

おやおや。

「じゃあ高すぎて私の手には負えないのでお断りしますねー」

私は手をひらひらと振りながら、お店を後にしました。

タダよりも高いものはないという言葉があります。

これは一般的には無料で手に入れたものに限って、後々出費がかさんだりして結局お金を多く払う羽目になる、という教訓めいた言葉です。

無料という言葉は甘い響きがありますけれども、こちらの出費がないというのはこの上なく魅力的なモノのように思えるものですけれども、しかし無料で渡すということはお金以外の何らかのメリットが相手方にあるということです。

そして大抵、そういったメリットはお金よりも高くつくものなのです。

であるからタダより高いものはないのです。

「もぐもぐ」

いえ、しかしですね、しかしですよ、世の中にタダで配っているというのにメリットしかない素敵な代物もあるのですよ。何だかご存じですか。

「如何《いかが》ですか？　お客様。そちらは当店の人気商品となります」

「最高ですね。いっこください」

パン屋の店頭にて。

試供品《しきょうひん》のパンをもぐもぐほおばりながらあっさり購入を決める私がそこにはおりました。至福のひとときですね。つまり要するに無料でおいしいパンが食べられるうえにおいしいパンを買うことができるのです。最高ですか……？

「ありがとうございます！　またお越しください！」

「ふふふ次は試供品を十種類用意して待っていてください」

終始ノリノリのままお店を去り、人が行き交う街の通りのなかに紛れます。

無料で配られるというのは相応のメリットが見込めるということでもあり、同時に、無料で何かを手に入れたのならば、相手方に何らかのお返しをすべきです。

「――君は私達にどんなことをしてくれるのかな？」

私がパン屋さんから少し歩いた頃に、そんな声がどこからともなく響きました。

「……？」

それは男性の声でした。誰が語り掛けているのかまでは分かりませんでしたが、周囲を窺えばそれがどこで発せられたものなのかは察しがつきました。

街の通りの一角に、人だかりができていたのです。

ざわつく人々の向こうから、はっきりとした男性の声が響きます。

「以前から君は我々に挑戦しているね。今日こそいい結果が出せるよう、私も期待しているよ」

一体誰が何をなさっているのでしょう？

状況が呑み込めないまま、しかし何だか面白そうな雰囲気に誘われるまま、私は人込みの一番外側で何度か跳ねてみました。

「……見えない」

せいぜい人の後頭部が割とはっきりくっきり見えた程度です。全然ダメですね。

ならば仕方ありません。結局私はそれからほうきを取り出し、ふわりと舞い、人だかりの真上から見下ろすことにしました。

「さあ我々を楽しませてくれたまえ！」

人だかりの中央には、そのように語る上等な服を着込んだ紳士さんと、お行儀よく車椅子に座らされた一人の女の子の姿がありました。

その二人に対面するかたちで、ピエロ姿の魔法使いさんが杖を振るっては煙を上げて、髪を黒焦げにしたり、あるいは自らの頭上に水を落としてみせたり、もしくは単純に杖を振るっても何も起こらなかったり――まあなんとも無様《ぶざま》な姿をお晒《さら》しになっておりました。

ピエロとは道化師の一種であり、滑稽《こっけい》な姿を自ら晒し、笑いを取ることを生業《なりわい》としているそうです。

実際、眼下にて杖を振るうピエロさんの様子は、その周囲を取り囲む人々に笑《え》みをもたらしていました。

大きな口を開いて笑う者。真っ昼間《まっぴるま》からピエロをお酒のつまみにして笑う者。ポップコーンを口に放りながら笑う者。顔を覆ってお上品に笑う者。ピエロを指差し笑う者。多種多様です。

人だかりの中心にいた紳士も、ピエロに「これは面白い！」と手を叩《たた》いて笑っておりました。

恐らくこの場においては、少しも表情を動かさなかったのはただ一人なのではないでしょうか。

「…………」

紳士の隣《となり》。

車椅子に座らされた女の子です。

歳の頃は十歳程度でしょうか。赤みがかった橙色の髪が腰のあたりまで伸びており、瞳は青。派手なゴシックドレスを着込んでおりました。

その姿は、まるでお人形のようでした。

作り込まれた華美《かび》な服装がそのような印象を抱かせているのかもしれませんが、車椅子に座らされた彼女は、お行儀よく、けれどとても退屈そうに座っていて、その顔には何の感情も浮かんではいませんでした。

周りが笑顔に包まれる中で、彼女だけが、ただ一人、笑顔はおろか、顔色一つ変えることすらなかったのです。

はてこの光景は一体何なのでしょう?

「あの、すみません」

ところでこのような人だかりには私と同じような思考回路を辿《たど》る魔法使いが一人はいるもので、人込みの頭上には、私のほかにもほうきに腰掛ける女性の魔法使いさんの姿がありました。

ですから私は彼女にほうきを寄せて、こっそり尋ねるのです。

「あのピエロさんは何をやっているのですか?」

すると魔法使いさんはポップコーンを口にひょいと放り込みながら「んー」と唸《うな》り、

「私もよく分からないんだけどね、あそこの紳士さんいるでしょ? あれ、旅の富豪《とごう》らしいのよ」

「旅の富豪」

なんですかそのよく分からない感じの設定は。

「あの二人、一週間くらい前からこの国でこういうことしてるのよ」と言いながら魔法使いさんが指を差した先には、依然としてぴくりとも笑わない女の子の姿があります。「あの子の名前はルチルと言ってね、なんでも、何があっても絶対に笑わないらしいのよ。あの紳士さんが言うにはこれまでの人生で一度も笑ったところを見たことがないんだって」

「ふむ」

「でも紳士さんは、彼女が笑っているところを見てみたいそうなの」

言いながら彼女は紳士さんの真後ろにある看板へと指を向けます――文字が綴《つづ》られていました。

曰く。

『笑わないルチルを笑わせることができたら、私の全財産を譲渡します！』

とのこと。

紳士さんとルチルさんの間にあるのが親子関係なのか、それともはたまた赤の他人なのかは存じ上げませんが、どうやら紳士さんは彼女のことをいたく気にかけておられるようです。

つまり女の子を笑わせるためだけに世界中を旅している、ということなのでしょう。

魔法使いさんは再度ポップコーンを口に放り、美味しそうにもぐもぐしながら語ります。

「で、二人に挑戦するために、この国の芸人がこぞって参加しているってわけ」もぐもぐ。

「で、面白いものが無料で見られるから観衆が集まり続けている、ということですか」

「まあそういうことね」もぐもぐ。

「なるほどなるほど」

「ほかに何か質問はある？」もぐもぐ。

「そのポップコーンどこで買いました？」

○

笑わない女の子。

ルチルさん。

それからしばし紳士さん達に挑戦をする芸人さんを眺めていて気が付いたのですが、どうやら紳士さんに芸を見せるのも無料というわけではないようです。

笑わない女の子を笑わせる対価を得るためにはある程度の覚悟が必要、ということなのでしょう。

「さあ次の挑戦者はいないかね！　一回の挑戦につき金貨一枚だ！」

しかし結局ピエロさんにはその役割は務まらなかったようで、肩を落として人込みの中へと紛れ込んでしまいました。暖かい声援がしばし彼の背中を支えます。魔法使いさん曰く、ピエロの彼はいつも最初に紳士さん達の前に現れ、いつも撃沈して、いつも観衆に慰められているそうです。

観衆にとってはもはや見慣れた光景なのでしょう。

「次は私がやるわ！」「いや俺が！」「次は僕だ！」

ポップコーンをもぐもぐしながら眺めていると、次から次へと観衆の中から手が挙がります。この国で生活している芸人さんにとってこの場ほど都合のよい発表の場はないでしょう。笑わないルチルさんの目の前で芸を披露《ひろう》して笑ってもらえれば一攫千金《いっかくせんきん》。笑われなくても街の多くの人の記憶に残ります。金貨一枚支払う対価としては十分であることは明白です。

もっとも、彼らの中には笑うことのできない女の子を笑わせたいという純粋な気持ちが根底にはあるのでしょうけれども。

しかし街の観衆をどれだけ笑顔にしても、ルチルさんはそれからも依然として笑みを見せることはありませんでした。

「…………」

それどころか、彼女は目の前で芸が披露されている間、ずっと死人のような表情を浮かべるばかり。視線が動いていなければ人形と見まがうほどです。

この街でも有名なコメディアンさんが目の前に現れても。無名の素人の少年が観衆を一様に笑顔にしたときにも。女の子が姑息にもルチルさんの横腹を触って笑わせようとしてみても。

ルチルさんは決して笑うことはなく、彼女を前にして多くの人が金貨一枚を犠牲にし、立ち去っていきました。

挙がる手は徐々にその数を減らしていき。やがて、いよいよ誰も挙げなくなってしまいました。

「おや。もう終わりかね」

拍子抜け、とでも言うかのように肩をすくめ。

そして紳士さんはのたまいました。

「以前訪れた国では、もう少し挑戦者がいたのだがね」

それはつまり言い換えるならばそれだけの数を相手にしてもルチルさんは笑わなかったということなのでしょう。ルチルさんを笑わせることは並大抵の努力では不可能なのです。

「……むむ？」

しかし更に言い換えるのならば、少なくともそれだけの数の金貨を持っている、ということでもあります。

ということはここでもしもルチルさんを笑わせることができれば、数えきれないほどの額のお金が私に舞い込んでくることは明白であり、要するにお金についてこれからくどくどと悩まなくてもよくなる、ということではないでしょうか。

「むむむ……！」私は宝石店でそうしていたように、眼下のルチルさんと紳士さんを睨みながら、思考を働かせました。

ぐるぐると私の頭が計算を始めます。

頭の中でお金会議が開かれたのはそのときです。

『この件、どう思いますか皆さん』

私がほかの私に問いかけます。頭の中に自分自身を飼っているわけではありませんが、まあ物事を決めるにあたって、自分の中の価値観と比較検討するというのはよくある話ではないでしょうか。

たとえばそれは、

『別にいいと思います』などと述べるような楽観主義の私であったり。

『絶対にやめたほうがいいですよお金の無駄です！　お金は大事です！』などと断固拒否する守銭《しゅせん》奴《ど》の私であったり。

『安易に手を出すのは危険です。あの二人、見るからに怪しいと思いませんか』もしくはそんなことを言ってのける疑《うたぐ》り深《ぶか》い私であったり。

『もぐもぐ』もしくは腹ペコで色々な物事がどうでもいい私であったり。

『ルチルさんって子、結構可愛いですね』あるいは可愛いもの好きの私であったり。

何はともあれ色々な価値観が瞬時にぶつかり、物事を決めていくものではないでしょうか。此度《こたび》も当然のように私の頭の中では様々な価値観がぶつかり合いました。

『いいですか？　これだけ多くの国のコメディアン達が寄ってたかっても決して彼女は笑わなかったんですよ？　何かおかしなからくりがあると思って然るべきです』

疑り深い私は断固拒否の姿勢を改めて示《しめ》しました。

『お金も勿体《もったい》ないですしね。それにさっきポップコーン買ったでしょう？　あれ、よその国で買うよりもちょっと高いんですよ？　相場の三倍くらいの値段でしたね。私の見立てではポップコーン売りも紳士の男とグルに違いないですよ』

さらりとポップコーンを買ったことにまで批判を浴びせながらも同意する守銭奴の私。

結託する二人に相反するのは極めて頭の中がふわふわな二人でした。

『もぐもぐ』批判されてもなおポップコーンを食べる手を止めない腹ペコの私。

『でもルチルさんって子、可愛いじゃないですか。ちょっとお話ししてみたくありません？』可愛いもの好きの私は主に好奇心だけで生きていました。

疑り深い私、守銭奴の私、そして腹ペコの私と可愛いもの好きの私によって、会議は進行していきましたが、まあ泥沼もいいところで、結論に達することができませんでした。

『これは何かの罠《わな》に決まってますよ。ぜったいそうです。だからやめたほうがいいです。そもそもさっきのピエロも怪しいですよ。アレも実は紳士の人とグルなんじゃありません？』『何を根拠にそう言っているんです？　もぐもぐ』『あれは恐らく人を集めるためにピエロを使って注目を集めているんです』『だから何を根拠にもぐもぐ』『私だったらそうするという話です。とにかく私は反対ですからね』『でもルチルさん可愛いですし』『可愛いから何なんですか。可愛かったらお金無駄にしていいんですか』『もぐもぐ』『そもそもあの紳士さんも本当にお金持ちなのかどうかも疑わしいですね。何か裏があるのでは？』『もぐもぐ』『裏の顔なら私にもあるじゃないですか』『そうですね。可愛いですね』『可愛いもの好きの私は自己愛者なんですか？』『当然では？』『もぐもぐ』『あなたさっきからもぐもぐもぐもぐうるさいですね』『欲しいですか？』『え、いいんですか？』『どうぞどうぞ』『……相場の三倍のくせに絶妙に不味《まず》いですねこれ』

いや本当に全くといっていいほど決め手に欠ける会議となりました。

長々と話し合っても結局結論はつかず、ただ話が脱線するばかり。煮詰まり、煮詰まり、決め手に欠ける会議は最終的には、誰もが自然とほどよい話の落としどころを探し始めるようになるもので、結局、此度の会議の場においては、会議が始まってからずっと読書にふけっていた楽観主義の私による一言で決着がつくに至りました。

『べつにいいじゃないですか参加すれば。金貨一枚が無駄になってもどうせこの国で宝石を買って他所で売れば回収できてしまいますし』

彼女は本をぱたん、と閉じながら言います。

『これって要するに参加費無料と同じではないですか？』

なるほどそれは確かに。

というわけで私の頭の中で繰り広げられたお金会議はなんとも単純な落としどころを見つけ、要するに私が挙手をするに至ったのです。

「いいだろう！」私に気づいた紳士さんは嬉しそうに顔を綻《ほころ》ばせました。「降りてきたまえ！」

紳士さんに言われるがまま、私はほうきをゆっくりと降ろし、地上に舞い降りました。そしてポップコーンのゴミをひょいとゴミ箱に投げ入れながら、

「その子を笑わせられればそれでいいんですよね？　方法は何でも構わないんですよね？」

「参加費の金貨一枚を払えるのならば、どんな方法をとっても構わんよ」

なるほどなるほど。

「では」

私は紳士さんにお金を支払ったのちにルチルさんの元へと歩み寄ると、彼女の前でしゃがみました。「こんにちは。ルチルさん。私、旅の魔女のイレイナといいます」

言いながら、私は彼女を見上げます。

「…………」

返事はありません。こちらを見下ろすのは感情のない瞳。人形のように表情は固まったままですが、瞳だけはこちらを追いかけて動いていました。

じっと見つめあう、私とルチルさん。

「…………？」

やがて彼女の瞳は、私から逸《そ》れ、椅子の手すりにかけてある自らの白い手へと向かいました。

おや握手がまだでしたね。

「よろしくお願いしますね」

私は手を伸ばします。

しかし彼女は身体を動かすことはありません。

仕方がないので私は彼女の手を持ち上げて、無理やり手を握りました。まるでお人形と握手しているみたい――ではありましたが、彼女は紛れもなく生きた人間であるようです。

温かい手の感触が、しっかりと伝わりました。

そして私は、その手を繋《つな》いだまま、彼女に語り掛けます。

「ルチルさん。面白いと思えるものを思い浮かべてもらってもいいですか？」

言いながら、杖を取り出し、「えい」と魔法をかけます。

魔女ともなれば、会得《えとく》している魔法は多種多様。日常的に使うものから、「はて何でこんな魔法覚えたのでしょう？」と首をかしげてしまうものまで、数多《あまた》の魔法を使えるものです。

この度使った魔法は、後者。

手を繋いだ私達の間に白いもやが生まれると、それから彼女の目の前にまとまり、光を放ちました。ぼんやりとした輝きは、それから一つの光景を私と彼女にだけ映し出します。

それは『最も望ましい光景』などという少々ふざけた名前の魔法。

魔法使いと手を繋いでいる相手が最も望む光景を、二人にだけ映し出すという極めて使い勝手の悪い魔法なのです。つまりこの場においてはルチルさんにとって最も望ましいもの——最も面白いと思えるものが私達の間に浮かび上がるというもので、まあ簡単に言ってしまえば絶対に笑うだろうと思いました。彼女が最も望んでいるものが見れるのですから。

ですから私は魔法を放ちながら「ふふふ大金持ちになっちゃいましたね」などとほくそ笑んでいたものですけれども。勝利を確信していたのですけれど。

しかし実際はどうだったのかといえば。

「…………」

浮かび上がった景色を前に、ルチルさんは笑うことはおろか瞳を向けるだけで、表情など微塵《みじん》も変わることはありませんでした。彼女にとって最も望ましいと思える光景が流れている間、ずっと彼女の表情は変わらなかったのです。

「なんですかこれ……？」

私の眼前に広がるルチルさんにとって最も望ましい光景は、数秒ごとにころころと切り替わりました。それはたとえばアイスクリームを食べ歩くルチルさんであったり、あるいはポップコーンを食べながら劇を鑑賞するルチルさんであったり、もしくは新しい服を買うルチルさんであったり、パン屋さんでパンを買うルチルさんであったり、本を読むルチルさんであったり、ネックレスで自らを飾《かざ》るルチルさんであったり。

とまあ、そんな風に。

妙なもので、富豪に連れられている割にはあまりに普通の願いだったのです。

そして何より私が違和感を覚えたのは、それらの光景のどこにも保護者であるところの紳士さんの姿が見当たらなかったことです。

彼女にとって最も面白いと思える出来事の傍には、紳士さんの存在は必要ないということなのでしょうか？

私の一連の行動を見守っていた紳士さんはやがてルチルさんの顔色を窺い、これ見よがしにため息をひとつ漏らしたのでした。

「……残念だが、魔女殿、ルチルは笑わなかったようだ」

つまりは大失敗です。

笑わせる確信は、あったのですけれど。

「……お金の無駄になってしまいましたか」

宝石を売ってお金儲けができる算段がついているとはいえ、大金を失うのは少々こたえるものです。落胆《らくたん》とともに私は繋いだ手を離し、杖を仕舞い。

私とルチルさんの間にかかっていたもやは、消えました。

「――あ」

ルチルさんの声をはじめて聞いたのは、そのときでした。

さえずり程度の小さな声が、彼女の口から漏れていました。

「それでは我々はもう行くとしよう」

紳士さんにその声が聞こえたのかどうかは分かりませんが、彼はルチルさんの車椅子を引くと、そのまま足早に広場から去ってしまいました。

催しものは、おしまいです。

ポップコーン屋がそそくさと店じまいの準備を始めました。広場に集まっていた人々が、思い思いに散っていきます。芸人たちはため息をこぼしながらとぼとぼと歩き始めました。

その場に私だけが取り残されます。

「…………」

私は先ほどまでルチルさんと繋いでいた手のひらを、見下ろしていました。

私が彼女と手を繋いだのは、魔法を使うための方便《ほうべん》といったほうが適切なのですけれども、彼女にとっては別の意味が込められていたのかもしれません。

握手した瞬間に、私の手に押し付けられたものがあったのです――もしかすると彼女はこれまで対峙《たいじ》してきたすべての人に対して、手を繋ぐよう訴えてきたのかもしれません。

椅子に座ったまま、微動だにせず、瞳だけで、訴えていたのかもしれません。

私の手のひらには。

パンの包みに使われるような紙きれを小さくちぎったものが、残っていました。

汚れてくしゃくしゃの紙切れは、すっかりかすれて、かろうじて読める文字で、たった一言綴られています。

『たすけて』

●

「いいかいルチル。我々はよい人間だ」

紳士の男は、いつもルチルにそう言って聞かせていました。

男とルチルが出会ったのは今から一年ほど前のことになります。身寄りもなく、路地裏で死にかけていた彼女を見つけた男は彼女に手を差し伸べたのです。

男はルチルの身体の汚れを落とし、綺麗な服を着せてくれました。美味しいものをたくさん食べさせてくれました。

男には仲間が二人いました。ピエロの格好をした男は毎日彼女に面白い演技を見せて笑わせてくれました。ポップコーン売りの男は、毎日ポップコーンを作ってくれました。

紳士の男に拾われて以来、ルチルの毎日はとてもとても、信じられないくらいに幸福でした。

彼女の毎日は、笑顔で満ちていました。

そんなある日のこと。

「ルチル、我々は三人で国々を渡る旅芸人なのだが――よかったら君にも一緒に仕事をしてもらいたいのだ。協力してくれるか？」

紳士の男は、そのように提案をしました。

彼女の毎日は、笑顔で満ちていました。

「うん！」

彼女自身だけでなく人々を笑顔にすることができるなんて、とても素敵なことだと彼女は思いました。彼女が紳士の提案に頷いて、旅に同行するようになったのは言うまでもありません。

けれどその翌日から、彼女の笑顔は消えました。

「………………」

車椅子に乗せられた哀れな少女。目には生気がなく、感情を失い、心を失い、ただ虚空だけを見つめています。

そんな彼女を指差して、紳士の男は嘆くのです。

「おお、どなたかこの子を笑わせられる人はいませんか？　誰でもいいのです。誰か、彼女を笑わせてください！　もしも彼女を笑わせてくれるのならば、私の全財産を差し上げましょう！」

綺麗な身なりをした男が涙ながらに道行く人々に語り掛けます。

目立たないはずもありません。そして紳士の男がそれなりの金を持っているように見えるのは明白。

「どれ、それじゃあ俺がやってみようかな」

ほどなくして一人のピエロが芸をやってみせます。奇抜な格好をした男が道の真ん中で妙なことを突然やり始めればやはりこれもまた目立つもので、観衆の注目を惹《ひ》きました。結局ルチルは笑いませんでしたが、男性のあとに続く者が次第に現れるようになりました。

それから何人かの芸人がルチルを笑わせようと挑んで見せましたが、彼女は決して笑いません。夕暮れ時になった頃に、紳士は「残念だが、ルチルは笑わなかったようだ」と言って、車椅子を引いて街から去ってしまいます。

毎日のように、その繰り返しでした。

街の外の森で紳士の男は仲間達と合流します。大通りで芸を披露した一人目の男と、ポップコーン売りをしていた男です。

「今日もよく稼げたな」

彼らは馬車に戻り、今日だけで集まった金を囲んで笑いました。

笑わない女の子を笑わせてほしいと嘆く紳士も、そのすぐ傍《そば》で都合よくポップコーンを売っている者も、自分ならば笑わせられると挑むピエロも、すべて裏で繋がる仲間同士だったのです。

すべては金儲けのためです。

紳士が大金持ちなどという話はでたらめで、金などろくに持っていません。ただ、小奇麗な格好をしてさえいれば、人は騙《だま》されるものなのです。

夜通し騒いだ後、彼らは眠りにつきます。

そして朝が訪れ、また同じ一日が、始まるのです。

「おはようルチル」紳士は小奇麗な格好をして、偽物の笑顔を浮かべながらルチルに朝食を渡してきます。

ルチルが笑うことがない、という話もでたらめです。

本当は車椅子など要らないのです。本当は笑うこともできるのです。

彼女が笑顔を見せないのは、彼女が笑えないい境遇にあるからに他なりません。

「——さあルチル。薬の時間だ」

朝食が終わった頃。紳士は笑みを浮かべながら、青くてどろどろとした液体の入った小瓶を彼女に手渡します。

魔法薬です。

飲んで効果が表れ始めると、数時間もの間、身体の自由が一切利《き》かなくなります。自分自身で歩くことはおろか、腕を持ち上げることもできません。

当然、笑うこともありません。魔法薬の効果が及んでいる間は彼女は何もできない人形同然になるのです。

「…………」

ルチルは薬を黙って受け取り、瓶の蓋《ふた》を自ら開け、飲みました。

飲めば自由が失われることは分かっています。

けれど彼女には拒む術《すべ》がありませんでした。

「そうだ。いい子だ」

拒めば薬を飲む以上に酷《ひど》いことをされるのを、彼女はこれまでの一年間で痛いくらいに味わっているのです。

従順な少女の様子に紳士は満足げに頷《うなず》くばかりでした。

「あのまま路地裏で私が拾わなければお前はきっと死んでいただろう」そして紳士は彼女の髪に触れて、撫《な》でました。「お前に生きる価値を与えたのは我々だ」

そして死人のような目をしたまま薬を飲み続ける少女を見つめながら、男は語り掛けるのです。

呪文《じゅもん》のように。

「いいかいルチル。我々はよい人間だ」

こうして彼女は紳士の男達に買われて以来、同じような毎日を繰り返していました。誰にもばれないようにパンの包みに文字を綴り、小さな手の中に隠し持ち、芸を披露してくる誰かが気づいてくれるように視線を送り続けました。祈りながら、待ち続けました。

けれど誰も気づかぬまま、ただ彼女は行き場のない絶望ばかりを募《つの》らせ、笑えない毎日を、送り続けました。

一年前も、半年前も、一か月前も、昨日も。

そして今朝も、同じように。


「――危ないところだったな」

夕暮れ時。

紳士の男はいつものように国から離れ、既《すで》に集まっていた仲間と合流し、馬車の中でお金を数えます。その最中にピエロの格好をしていた男が、煙草《たばこ》をふかしながら漏らしました。

「ルチルの奴、薬の効果が切れかかっていたみたいじゃないか」

「そのようだな」だからこそ紳士の男は、妙な魔女が妙な魔法を使った直後に、商売を中断したのです。「あのまま続けていたらボロが出ていたかもしれん。あの妙な魔女のせいで今日の収入はあまりよくはないな」

「魔法薬の量、増やしたほうがいいんじゃないか」

「しかしかなり高い薬だし手に入りづらいからな……」

言いながら、紳士は馬車の隅《すみ》っこで丸まっているルチルを見やります。近頃はいつもそうです。朝から晩まで、馬車の中では言葉すら発することなく丸まっているばかり。感情を表に出しているところなどまともに見ていません。

それこそ薬など使わなくても笑顔など見せないのではないかと思えるほどに。

「ところであいつはどうした？　遅くないか」

仕事が終わったらタイミングをずらして国の外に留めてある馬車へと戻る手はずとなっています。ポップコーン売りの男もいつもならば既に馬車に戻ってきているはずですが、見当たりません。

何かあったのでしょうか？

「ああ、酒の買い出しを頼んだから遅れたんだろ」ピエロの男は煙草をふかしながら、答えます。

「丁度いま戻ってきたみたいだぞ」

紳士の男が耳を傾けると、馬車へと近づく足音がありました。草花を踏みしめ、足音はゆっくり馬車へと近づきます。

ピエロの男が馬車から顔を出します。

「おい遅いじゃねえか。待ちくたびれ――」

しかし言いかけたところで音もなくピエロの男の姿が消えました。

一瞬の風が吹き、火のついた煙草だけが、馬車には転がります。

「……は？」

何が起こったのでしょう。当惑《とうわく》する紳士は馬車の中で、一歩、後ずさります。

一体何が起きたのかも分からないまま、紳士姿の男は、馬車の中から外を見つめ続けました。

異様なまでに静かでした。まるで最初から誰もそこにはいなかったかのよう。

「お、おい……悪い冗談《じょうだん》はよせよ」

そして震《ふる》えた声で、男がかろうじて言葉を発した直後。

ひょっこりと馬車の外から顔を覗《のぞ》かせる人の姿がありました。

「こんばんはー」

などと朗《ほが》らかな挨拶《あいさつ》とともにひらひらと手を振るのは、ポップコーン売りの男。

などではなく、一人の女性でした。

黒の三角帽子《ぼうし》に、黒のローブ。髪は灰色《はいいろ》。瞳は瑠璃色《るりいろ》。胸元には星をかたどったブローチがあり、
それはそれは見れば見るほど魔女であり、そして昼間に紳士たちが見た妙な魔法を使った妙な魔女に他なりません。

はてさてそれはそれは一体どなたでしょう?

そう、私です。

○

翌日、その国の新聞の一面を飾ったのは、旅の富豪に関する記事でした。

一週間ほど前からこの街にて、同行人の女の子を笑わせることができたら全財産を譲渡すると喧伝《けんでん》して回っていた旅の富豪が、金貨を住民から巻き上げるために詐欺《さぎ》を働いていたことが明らかになったのです。

金貨一枚を富豪に差し出す代わりに女の子の前で芸を披露。もしも笑えば一攫千金。そんな美味《おい》しい話で芸人や通行人を集めていた旅の富豪でしたが、実際には女の子は絶対に笑わないよう魔法薬を強引に飲まされていたようです。

旅の富豪らによるそれらの不正に気づいた何者かが、昨日の夕方頃に彼らを捕まえ、縄《なわ》で縛りました。

たまたまその現場を通りかかった旅の魔女が彼ら犯行グループに事情を聞くと、旅の富豪たちは一様に口を揃《そろ》えて自供《じきょう》。誰に何をされたのかは定かではありませんが、とても恐ろしい出来事があったようで、旅の富豪たちは魔女によって国の政府の元へと連れていかれると、早く檻《おり》に入れてほしいと懇願《こんがん》したと言います。

調べによると詐欺グループは現在に至るまで約一年にわたり、身寄りのない少女を利用して金儲けを行ってきたと語りました。彼らが稼いだ金額はそれなりの額に上っていました。

彼らと同行していた女の子は国の政府により保護されました。幸い、彼女自身に怪我《けが》はなく、魔法薬による後遺症も現段階では確認できていないようで、今後は孤児院《こじいん》に預けられることになったそうです。

なお、詐欺グループによる被害の届け出がなく、お金が所在不明のまま一年が経過した場合、それらのお金は少女の手元に残るようになっているそうです。

「…………」

ところでこの新聞記事の見出しには、このような言葉が綴られていました。

『被害者ゼロの詐欺事件』

一体どういうわけか、つい先日まで旅の富豪がその国で車椅子の女の子を引き連れて嘆いていたというのに、誰一人として、被害を報告しなかったのです。

不思議なこともあるものです。

現在、彼ら詐欺グループが今まで滞在していた国々にも、詐欺グループの男達が捕まった報せを伝達している最中とのことですが、恐らく結果は同じことでしょう。

「いやあ魔女様、此度は本当にありがとうございます」

喫茶店にて。

ざっと読んだところでテーブルに新聞記事を置くと、私に対面して座っていた国の役人さんが首を垂れました。

「魔女様が連中を見つけなければ、ひょっとしたらルチルちゃんは命を落としていたかもしれません。我が国まで送り届けて頂けたことには感謝しかありません」

私は偶然、詐欺グループが縄でぐるぐる巻きにされていた現場を通りがかり、ルチルさんを連れて国まで戻った、ということに、表向きにはなっています。

魔女ともあろう者がついうっかりお金をだまし取られたとあっては恥ずかしいですしね……。そのうえお金を取り返そうとして少々無茶をしたということも、大っぴらに語るには羞恥心《しゅうちしん》が邪魔をするもので、結局黙っておくことにしたのです。

しかしそれを差し引いても、この国にとっては、少女を救った人物とみられてしまっているようです。

「何かお礼をさせてはいただけないでしょうか」

とにこやかな顔で役人さんに尋ねられます。

『被害者ゼロの詐欺事件』

などとでかでかと綴られた新聞記事を読ませられたうえでそのようなご提案をされてしまいました。誰一人として金貨を取り返そうとしなかったという美談を読まされたうえで「お礼をさせてもらえませんかー？」などと聞かれてしまいました。もうここまでくると「お前空気読めよ分かってんだろうな？」と言われているのと同義ではないでしょうか。

「では一ついいですか？」

しかし私は旅人であり、はっきり言ってしまえばこの国に対しては何のしがらみもありません。

当然、読むべき空気もありません。

ですから、

「実は私、旅人でして——」

私は一つ、役人さんに報酬を要求しました。貪欲《どんよく》さを前面に出しました。

でも仕方ありませんね。

私は決して、よい人間などではないのですから。

○

翌日。

私は国を観光していました。

色とりどりの建物が並ぶありきたりな大通り。晴れた日の下を歩く私の手元にはアイスクリームが握られていました。

お行儀《ぎょうぎ》が悪いことに食べ歩きです。

「ふむふむ」

片手がアイスで塞《ふさ》がっていては地図が開けませんから、杖で地図を宙に浮かせながら道を調べます。「ここを真っすぐ進んだ先に劇場があるみたいですよ」

私は傍らに視線を落としながら言いました。

私の横には同じくお行儀が悪いことに食べ歩きをなさっている、赤みがかった橙色の髪の少女がおりました。

彼女はこくりと私に頷くと、一言。

「楽しみ」

とだけ言って、ほのかに笑みを浮かべました。

私が国の役人さんに出した要求は一つのみ。

「この国の観光に付き合ってほしい」

ただそれだけです。

旅人ですからね、たまには観光の同行者が欲しくなるというものです。まあお礼がしたいとのことでしたので、それならば観光のお供《とも》という役割はおあつらえ向きではないでしょうか。

時間の許す限り、私は彼女を連れ歩いて回りました。

それはたとえば、劇場であったり、喫茶店であったり、まっとうな商売をしているポップコーン屋さんであったり、彼女に新しい服を見繕《みつくろ》ってあげたり、本屋さんに行ってみたり。

「如何ですか？　お客様。そちらは当店の人気商品となります」

あとパン屋さんにも行きましたね。

「もぐもぐ」「もぐもぐ」

試供品を食べたあとに「とりあえず全部ください」と言ってのける私でした。

「大人買い……！」ルチルさんが私の横で目を輝かせておりました。

一日で国の中を延々と回り続けました。

それはただの観光で、私達が目にした光景の一つ一つはさしたることのない普遍的な光景だったはずです。

けれどきっと、彼女にとっては、それこそがかけがえのない宝のような光景であったのかもしれません。ずっと焦《こ》がれてきたものだったのかもしれません。

「むむむむむ……」

一日の締めくくりに訪れたのは宝石商。

ルチルさんもやはり女の子で、光り物には弱いようでした。店先に並ぶネックレスの数々を穴があくほどに見つめつつ、唸《うな》っていました。

「なにか欲しいものはあります？」

横からひょいと彼女の視線を辿《たど》る私でした。渋い顔をしつつ、彼女は「お金ない……」と頭を抱えました。

「よければ貸しましょうか？」

すると渋い顔がそのままこちらに向きました。

「……いいの？」

「大人になって、あなたが自分でお金を稼げるようになってから返してくれるのなら、べつにいいですよ」

来年には大金が彼女のもとに入ってくるとはいえ、そのお金をいきなり借金返済に充《あ》ててしまっては先が思いやられるというものです。

彼女が大人になるまで返済は気長に待つとしましょう。

そしてあらためて尋ねます。

「で、何が欲しいんですか？」

「………………」

おずおずといった様子で、ルチルさんは、それから一つのネックレスを指差します。

値札のついていない、そこそこ綺麗なネックレスでした。

おやまあ。

「じゃあそれを二つ買いましょう」

私はそれから店主さんを呼び出しました。

手をこねこねとしながら現れた店主さんに、

「このネックレス二つと……、あ、そうだ、あとサファイアのネックレスをついでに三つほどください」

サファイアのほうは他所の国で売ったら高値がつきそうですから。まあルチルさんが欲しがっているネックレスのついでに買っておきましょう。

結局、その日、私はルチルさんとお揃いのネックレスを購入して、お店を出ました。

買ってあげたばかりの代物を首にかけてから、ルチルさんは首を垂れます。

「……ありがとう、ございます」

「どういたしまして。お金は大人になってから返してくださいね」

「……幾らしたの？」

ルチルさんは首をかしげます。

幾らと言われても困りますね。

「大人になって、自分で働けるようになってから、返しにきてくださいね？」

どう答えようか一瞬、迷った挙句《あげく》、私は正直にお答えすることにしました。

まあタダよりも高いものはないと言いますし、要するに。

「とても私の手には負えないくらいの金額です」


魔女が嘘《うそ》をついていたことに気づいたのは、ルチルが孤児院を出て、たくさんのお金を受け取って、それから大人になって、仕事をして、ある程度のお金を貯められるようになった頃のこと。

宝石店へと赴き、十歳の頃に買ってもらった例のネックレスをずい、と宝石商に見せつつ、

「これ、幾らですか」

と尋ねたとき、彼女はようやく知りました。

「見るまでもないですなあ。お客さん、それ、ただのがらくたですよ」

ネックレスを買うときに付属品としておまけ程度についている安物ですな、と宝石商は無慈悲《むじひ》にも答えました。

結局のところ、大人になってから返せ、などと言いつつ、最初からお金を返してもらうつもりなど毛頭なかったのでしょう。

魔女はひどい大嘘つきです。

結局、値段をつけられることもなく、魔女に返済すべきお金など最初から存在していないことを知り、ルチルは一人、笑いました。


小さかった頃に苦労を強いられたせいでしょうか。

大人になってからの人生は、彼女にとってそれまでとは比べ物にならないほどに幸福に満ちているように思えました。

仕事をして、職場で素敵な男性と出会って、恋に落ちて、結婚をして、子どもが出来て、今は子どもの世話をしながら家事をこなす日々を送っています。せわしない毎日で、あるいはそれは、よく見かけるような日常の光景なのかもしれません。

けれど彼女にとっては、平凡な日常こそが最も望んでいたものだったのです。

ある日、十歳になる娘が、彼女に尋ねました。

「お母さんはどうしていつも笑っているの？」

彼女は優しく娘の頭を撫でながら、答えます。

「それはいつも嬉しくて楽しいことばかりだからよ」

だから彼女の人生は、数えきれないほどの笑顔で満ちています。

それはわたくしが国C（仮称《かしょう》）をふらふらと一人さまよい歩いていた時のことです。

「おや、魔女さん！　今日もあんたの好きなパン、焼いてあるよ！　よかったらどうだい？」

露店《ろてん》のおば様が手を振りながら声を張っておりました。

おやどなたに声を掛けているのでしょう？　わたくしは辺りをちらりと見まわしてみましたが、しかし魔女と呼べるような者は見渡す限り誰もおらず、そもそも通りにはわたくし一人しかおりません。

であるならば恐《おそ》らくはわたくしのことを魔女さん、などと呼んでおられるのでしょう。

「おそらく人違いかと存じます」

わたくしは露店のほうへと歩み寄りながらも、首を振りはっきり否定しました。わたくしには魔法を扱《あつか》うことなど到底《とうてい》できません。

「おや？　あらほんとだねぇ……」

露店のおば様はわたくしの顔と、髪《かみ》をじっと見つめて、ようやく自らの間違いに気づいたようでした。曰《いわ》く、わたくしはパンをよく買いにくる魔女さんとそっくりの出で立ちをしているそうです。

魔女さんの髪色は灰《はい》色だそうです。

わたくしの髪色は桃色《ももいろ》。

違いといえばそれと見かけ上の年齢くらいしかなく、しかし顔立ちが瓜《うり》二つゆえに、わたくしが無類のパン好きと見紛《みまが》えたのでしょう。

「でもほんとにそっくりだねぇ……顔から雰囲気《ふんいき》まで魔女様そのものだよ」

ほうほうとおば様は物珍《ものめずら》しそうにわたくしの顔を覗《のぞ》き込むのでした。

そうでしょうね。

「よく言われます」

「おや？　魔女さんとは知り合いかい？」

「まあ、そんなところです」

頷《うなず》きながら、わたくしは露店に並ぶパンを眺《なが》めました。勘違《かんちが》いで呼び止められたのですから、ちがいます人違いですさようならと立ち去ったところで問題はないとは思うのですが、並べられているパンの一つひとつがまあなんとも美味《おい》しそうだったのです。

この露店で買ったパンを美味しそうに頬張《ほおば》っている、我が主の姿がすぐに想像できる程度には。

「……これは幾《いく》らですか？」

物は持ち主のためにあるものですから、ならばこの場でわたくしの財布《さいふ》の紐《ひも》が多少緩《ゆる》んだとしても致《いた》し方《かた》ないことではないでしょうか。

店主さんは、

「ああそれね――」

と頷きながら袋に入れてくれました。曰く。このお店でいちばん売れていていちばん安いパンだそうです。

「いやしかし、ほんとにそっくりだねぇ……」

そしてどうやらわたくしの主の好みのパンでもあるそうです。

おやおや。

どうやら食べ物の好みすら瓜二つであるようですね。

●

わたくしには他者に名乗るような名はありません。

あえて名乗るのであれば、それはほうきであり、そしてイレイナ様の持ち物といったところでしょう。

普段は旅人として時間とは無縁《むえん》の生活を悠々自適《ゆうゆうじてき》に送っているイレイナ様ですが、時折、どうしても人手ないし時間が足りないときがあるのです。

わたくしが人間の姿に変えられるのは大体そういった事情が絡《から》んでいるときです。

無論《むろん》、今回も例外ではありません。

「すみません。ほうきさん、ちょっとこれから仕事しないといけなくなっちゃったんですよ。よかったらこれで買い出しに行ってきてくれませんか」

今日の午前のことです。イレイナ様はわたくしに魔法をかけて人間の姿にするなり、そのように言いました。

わたくしはその場に崩《くず》れ落ちました。

「ひどい……！　久々《ひさびさ》に人間の姿になれたと思ったのに……！　お使いを命令するなんて……！　わたくしなんて所詮《しょせん》はイレイナ様の便利な道具でしかないというのですね……！」

「ええ……」

お金を差し出したまま当惑《とうわく》するイレイナ様。

余談《よだん》ではありますが普段からイレイナ様がほうきを持ち歩いているおかげで、どのような事情を経《へ》てわたくしが人間の姿にされたのかはすべて存じ上げております。ですからわざわざ説明せずともお金を投げつけでもすれば従うのですが、それでも一から説明するのが我が主でした。

「実は私、この国の人にお仕事を依頼されましてね、結構大変そうな仕事なのでこれから宿屋に引きこもる予定です。お買い物に行っている暇《ひま》がないので、昼食と夕食、買ってきてもらえませんか？」

わたくしの手に金貨三枚を握らせるイレイナ様。

食事二回で、金貨三枚……？

「多すぎでは……？」

どれだけ食べるのですか？　金貨三枚使い切るまで買うならば相当な量になりますが……。

「いえ、食事は二回分だけでいいですよ」

「なんと」ということは。「量よりも質をご所望《しょもう》なのですね……？」

セレブな昼食をご主人様であるイレイナ様にご用意しろと。そういうことですね？　なるほど。

「いやそういう意味でもないんですけど……」

「そもそもイレイナ様は質より量を好むほうの方でしたね」

「おやおや。永《なが》らく私と一緒に旅をしておいて物を知らない方ですね」ふふふ、とイレイナ様は得意げに笑《え》みを浮かべます。「まあ安いほうが嬉《うれ》しいことは間違いありませんけれども、私はべつにいつでも質より量を好んでいるわけではありませんよ？」

「そうなのですか？」

「そりゃそうです。私は自分にとって価値ある物を選んで持っているだけですから」

それからイレイナ様は、

「まあせっかく人の姿になれたのですから、好きに買い物でもしてきてください。金貨三枚はそういう理由で渡しています」と言いました。

「今日はずいぶんとお優《やさ》しいのですね……」

「何言ってんですか私はいつでも優しいでしょうに」

「ところで昼食と夕食はどのようなものをご所望ですか？」

「そうですねえ――」

イレイナ様はわたくしに頷き、それから自らの唇《くちびる》に指を添《そ》えて、言いました。

「じゃあ価値ある物をお願いします」

とまあそういった顚末《てんまつ》を経て、わたくしはお買い物に出たわけなのです。

イレイナ様が好むパンも手に入ったことですし、夕食にも幾らかの食料を買っておきましたし、お買い物はほとんど終わったといってもいいでしょう。

ですから袋を抱えながら、わたくしは宿屋への道を歩きました。

お金は結構余ってしまいました。最低限のものしか買っていませんし、好きに買い物をしてこいと言われてもわたくし好みの物というのがあまりありませんでしたので。

はて余ったお金はどうしましょう？

「……おや」

ぼんやりと頭を巡《めぐ》らせていると、通りの化粧品《けしょうひん》屋さんが目に入りました。

店頭には同じ銘柄《めいがら》の商品がたくさん置いてあるのが見えます。

曰く、それは近隣《きんりん》のお金持ちばかりの国から輸入された不思議な化粧品だそうで、なにやら妖精《ようせい》さんがお肌《はだ》を綺麗《きれい》にしてくれるのだとか。

お金持ちの国では今やこの妖精さんの化粧品が大流行《りゅうこう》中だそうで、ゆえに色々な国が大量に仕入れては大々的に売っているといいます。

この国C（仮称）の化粧品屋さんも例外ではなく、例に漏《も》れず大々的に売り出したかったのでしょう。

店先には妖精さんの化粧品が大量に置かれていました。

「…………」

ただしワゴンの中に。

お店にはお客さんなど誰《だれ》もおらず、よその国では人気、などという言葉すら絵空事《えそらごと》のように感じられるほどに、妖精さんの化粧品はこの国では誰からも注目などされていませんでした。

半額の値札がつけられていてもなお、店頭の在庫は重々しく積み重なっています。

なんだか哀《あわ》れに思えました。

せっかく沢山《たくさん》作られたというのに役割を全《まっと》うすることもなく誰からも注目を浴びることもできない同胞《どうほう》を哀れに感じました。

商品自体はよい物に違いないのです。

ですから一つ買って、それから宿へと戻りました。

ところで。

買ったところで気づいたのですけれど、その妖精の化粧品とやらはワゴンセールしてるわりには結構なお値段でしたね。

「……この化粧品、元の値段が馬鹿《ばか》みたいに高いんですよ。半額でも普通の化粧品の倍以上はしますからね。哀れみで手を出すと大やけどしますよ」

宿に戻るとイレイナ様はわたくしが買った化粧品を手に取りながら言いました。

「そのようでしたね……」

まさか頂《いただ》いたお金がぜんぶすっからかんになるとは思ってもいませんでした。「すみません全部使い切るつもりはなかったのですけれど……」

「いいえ気にしないでください。お買い物、ありがとうございました。助かります」

イレイナ様は首《こうべ》を垂《た》れながら、わたくしから袋を受け取りました。

「礼など結構です。わたくしは物として当然のことをしたまでです」

「ですが感謝も人として当然の行為です」

軽く伸びをしてから、イレイナ様は袋の中に手を伸ばします。中には大通りのパン屋さんで購入した幾つかのパンと、それからほかの店舗で買ったサンドウィッチとクロワッサン。ご要望通りのパンばかり。イレイナ様の好物であり、要するに価値ある物が詰め込まれていました。

「ところでイレイナ様、進捗《しんちょく》は如何《いかが》ですか?」

「ご覧の通りです」

「見てもよく分からないのですが」

「じゃあ少々難航《なんこう》しているといえますね」

困りましたねー、とイレイナ様は笑いました。

イレイナ様の机には、わたくしが今しがた買っていたものが幾つか並んでいました。

すべて開封《かいふう》済みですが、使用した形跡《けいせき》はありません。

曰く、イレイナ様はこの国の化粧品屋さん――ちょうどわたくしがお土産《みやげ》を買った化粧品屋さんに依頼され、妖精さんの化粧品の成分を調べているそうです。

はて既製品《きせいひん》の成分を調べることに一体何の得があるのでしょう？

「この国の化粧品屋さん曰く、妖精さんの化粧品自体のできは相当にいいらしいですよ。お肌もきちんと綺麗になるみたいです。でもこの国では全然売れません」

「……高いからですか？」

「この国ではそもそも化粧品が妖精さんの姿になってふらふら飛び回ることに嫌悪《けんお》感を示す人が多いみたいです。きもいという意見が圧倒的多数でした」

「商品コンセプト全否定ですね……」

「奇《き》をてらうだけで拒《こば》む者もいるということなのでしょうね」

セレブばかりの国ではこういった特別な演出が高級感あるいは独自性に繋《つな》がり値段の高さの説得力となっていたようですが、この国においては「じゃあそのぶん安くしてほしいです」という意見が圧倒的多数だったそうです。

まあごもっともではありますね。

「妖精の化粧品の品質自体はこの国でも高く評価されています。けれど値段は高いですし、いらない要素もあったので、この国の化粧品屋さんは成分の研究をして、より安価な類似品《るいじひん》を作ることにしたそうです」

幸《さいわ》い、本家のほうはこの国では誰にも見向きもされていないようですしね――とイレイナ様は言いました。

せっかくの高級品なのに誰も購入しないというのは嘆《なげ》かわしい話ではありますが、

「高くて希少《きしょう》で特別だからといって、誰にとっても素晴《すば》らしい価値のあるいい物ばかりというわけでもないということですね」

しかし同時に、安くて安易《あんい》に手に入るからといって、価値が誰にも興味を持たれない粗悪品《そあくひん》ばかりというわけでもないのでしょう。

イレイナ様は先ほどわたくしが買った安価のパンをもぐもぐと頰張《ほおば》り、吞《の》み込んでから、

「まあ、高い物は新しい物を作り上げるための努力があって、安い物は広く流通させるための努力があったというだけの話なのでしょうね」

質より量でもなければ、量より質でもなく、結局のところ、価値の高い物というのは自らの価値観に沿うものだということなのでしょう。

つまり値段だけでは物のよし悪《あ》しは測れないということでもあります。

ふむふむ。

お部屋をふらりと歩き、姿見の前に立ち、我が主と同じような見かけの自らをあらためて見つめます。

「わたくしはどうなのでしょう?」

首をかしげました。「価値の高い物なのでしょうか。それとも価値の低い物なのでしょうか」

そもそも値段などついてすらいないわたくしですから、自分自身の価値などは測りかねるものですね。

わたくしはよい物なのでしょうか、それとも悪い物なのでしょうか。

「そんなの決まっているじゃないですか」

イレイナ様はふたたび安物のパンをぱくりとひと口噛《か》んでから、言います。

「私の物です」と。

…………。

「なってますよ」もぐもぐ。

「イレイナ様。答えになっていないのですが」

「イレイナ様」

「ところでこのサンドウィッチ幾らしました？」

「銅貨一枚の安物です」

「大通りの店舗のやつですよね」

「わかるのですか」

「ええよい物なので味を覚えています」もぐもぐ。

「わたくしはよい物だと思いますかイレイナ様」

「もぐもぐ」

「イレイナ様」

それから一月《ひとつき》ほど経った頃。

私がとある国を訪れた直後のことです。

「魔女様。そこの魔女様」

通りに面した化粧品屋さんのお姉さんが、私に声を掛けてきました。

「ちょっといい商品があるのですけれど、見ていきませんか？」

いかにも怪しげな言葉とともに手招《てまね》きをする化粧品屋さん。国に着いたばかりの私は、ほうきを抱えたまま、化粧品屋さんの店先に並ぶ商品を眺めます。

それこそがお姉さんがおすすめしたかった化粧品だったようです。

「お目が高いですね！　魔女様。こちらは近隣の国で作られた化粧品でしてね？　お肌がつるつるになると今我が国で大人気なんです。おひとついかがですか？」

「…………」

そこに並べられているのは見覚えのあるパッケージ。

妖精さんのお化粧品。

ただし国A（仮称）で作られたものとは異なり、こちらは別の国で作られた類似品。妖精さんが口づけをしてくれるなどという演出は取り除かれ、ただのお化粧品となっていました。

ゆえにお値段もそれなりに安くなっています。

「これ、とってもいい商品なのですよ。どうです？　今ならお試しもできますよ」

うふふふ、とお姉さんは私にずい、と近寄ります。

おっと押し売りですか？

私は一歩引きました。

「結構です」

いくら安いといえど、そもそも私はそのお化粧品について知《し》り尽《つ》くしているのです。いかなる営業トークも受け入れられる気がしません。

というか。

「もう持ってます」

私はバッグから化粧品を取り出しました。

店先に並べられたものと全く同じ代物《しろもの》です。

「あら、既《すで》にお持ちでしたのね」

とどのつまり私にお化粧品を押し売りすることはできなくなったわけですが、お姉さんは特に気にするような様子もなく、私に歩み寄ったまま笑みを浮かべます。「それ、とてもいいでしょう」

営業というよりは単なる雑談《ざつだん》のようです。

「そうですね――」

私はバッグに化粧品を戻しながら、ほうきを抱えます。

両手で、大事に。

「でなければ持ち歩く理由はないですね」

これは私の物であり。

価値あるよい物ですから。

ろくでなしのサリオ

初夏《しょか》。

私がその日、旅の最中に辿《たど》り着いた公国《こうこく》アレサリーは、聞きしによると、たいへん治安《ちあん》もよく、訪れた旅人たちからはとても心優しい住民ばかりの素晴《すば》らしい国と評《ひょう》されているそうです。たとえば旅人が道に迷《まよ》っていれば当然のように声を掛けてくれますし、この国の人はそれだけでなく世間話をしながら共に道を歩いてくれるそうです。時折お食事も奢《おご》ってくれたりすると聞きます。

いやはや素敵《すてき》な国ですこと。

ところで治安がいいということは、これは言い換えると曲がったことを絶対に許さない国民性を持っているということでもあります。善良《ぜんりょう》な市民ばかりのこの国において嘘《うそ》や裏切りは許されざる重罪そのものなのです。

この公国アレサリーのことを教えてくれた方は、この国をこのように評しておりました。

「ろくでもない人間にとっては居心地《いごこち》が悪く、善良な人間にとっては居心地がいい国」

などと。

なるほどなるほど。

「じゃあ私にとってはよい国ですねー」

この国のことを聞いた時点では私はそんな適当な言葉を返し、特に考えもなしに本日この国へと辿《たど》り着くに至りました。

門を通り、街を歩きます。

噂《うわさ》の通り、いい人ばかりでした。

「ようこそ我が国、公国アレサリーへ！」

敬礼《けいれい》する衛兵《えいへい》さんの声を背に受けながら私は国の通りを歩きました。

「こんにちはぁ。魔女さま。どこから来ましたの？」「よかったらうちのお店で一杯飲んでいきませんか？　ああもちろんお代は結構ですようふふ」「長旅でお疲れでしょう。うちの宿屋ではとてもいい部屋をご用意できますよ」

親切が過ぎるほどの親切が街には溢《あふ》れておりました。

少し歩いただけで色々な店舗から手を振られます。声を掛けられます。この国の通りに並ぶお店の中でどのお店が一番美味《おい》しいだとか、近頃のこの国の流行は何だとか、色々な話をしてくれます。パンを売っている露店《ろてん》の方に至ってはできたてのパンを「いいよいいよタダで。持っていきな！」と言ってくれる始末《しまつ》。

よい国です。

よい人ばかりの国です。

本当に本当に、めまいがするほどに清く正しくよい人ばかりの国です。

「…………」

私はそれから三時間ほど滞在したのちに国を出ました。

三時間。

滞在というよりは素通りしたと言ったほうが正しいくらいの時間ですね。

あまりの短さに出国の際には衛兵さんに「ええ……？　もう出国されるのですか……？」と怪訝《けげん》な顔をされたほどです。

よい人ばかりの素敵な国で、親切な人々に囲まれておきながらたったの三時間で門まで戻ってしまったものですから、衛兵さんは大層不審《ふしん》がりましたし、「もしや我が国の者が魔女様に失礼を働きましたでしょうか……？」と恐《おそ》る恐る尋《たず》ねるほどでした。

私は「いえいえ」と首を振ります。

「別にこの国が嫌だったから出て行くわけではありませんよ」

私がこの国を訪れたのは、一つの目的のためです。

目的というか、確認したかったことが一つだけあったから、立ち寄っただけなのです。

「この写真が街で広まっているのかどうか確認したかったんです」

言いながら私が掲《かか》げてみせました。

それはこの国出身のろくでもない人間が撮った、一枚の写真でした。

○

少し遡《さかのぼ》って、晩冬《ばんとう》。

その日、小さな寒村《かんそん》を旅立ったばかりの私は、白銀《はくぎん》の世界をほうきで飛んでいました。

空は遠く青く澄《す》んでいて、進むべき先には足跡《あしあと》一つありません。未だ誰も足を踏み入れていない白い世界に、私はほうきの穂先《ほさき》で線を描きます。なだらかな斜面のうえで、一本の線を描きながら、私はまだ見ぬ道を目指して進んでいました。

息を吸い込めば冷たい空気が胸いっぱいに広がります。

晴れた陽射《ひざ》しは、冬枯《ふゆが》れの木を紅《あか》く照らしていました。

ほうきに乗りながら、もう一度息を吸い込みます。

いやあ、

「何もないですね……」

見事なまでに、何もないですね……。

そもそも私がそのとき通っていた山道は、雪にまみれたただの道で、いくら進んだところで何もなく、本当にただの通り道でしかありませんでした。

見渡す限り何もありません。

雪が見えなくなるまで、ただ同じ白い世界が続くばかりです。

やることがあるとすれば、暇つぶし程度にほうきで雪にお絵かきをする程度のことで、要するに私はそのときそれなりに退屈《たいくつ》していました。

「………？」

だから、というわけではありませんが、私が進む山道に異変が起こっていることに気づいたのはかなり早かったと思います。

ほうきの柄《え》の先、私の進行方向に、幾《いく》らかの人と、一匹の生き物の姿が見えました。

綺麗《きれい》な雪原の上、子猫《こねこ》のような小さな生き物がお行儀《ぎょうぎ》よく座り込んでいるのが見えました。

一般的な子猫よりは少し大きく、身体は白く美しい毛に黒の斑点模様《はんてんもよう》。脚《あし》は短く、体形は全体的に丸みを帯びており、雪玉を連想するようなシルエットでした。

「……何ですかあれ」

ほうきを止めながら目を細めました。

決してその猫のような生き物が奇妙《きみょう》であったからではありません。いえ、見たこともないような生き物に少々心躍《おど》っていたことは否《いな》めませんが、しかし私が怪訝《けげん》に思ったのは、どちらかといえばそれよりも少し先――子猫のような生き物があくびをしながら眺《なが》めている方角にあるものです。

そこには人の姿が三つほどありました。

「うわあああ！　ああああああああああああっ！」

雪の上で仰《あお》向《む》けになりながら悲鳴のような声を上げるのは、一人の女性。雪の上でじたばたと暴《あば》れながらも、顔を守るように両手で覆《おお》い隠《かく》していました。白い服を着ているせいか、まるで雪に解けているかのようにも見えなくはありません。

そしてそんな彼女に対して、無慈悲《むじひ》にも棍棒《こんぼう》を振り下ろす二人の男の姿がありました。怪《あや》しげなマントを羽織《はお》った二人組の男達は、容赦《ようしゃ》なく、遠慮《えんりょ》や躊躇《ちゅうちょ》もなく、恐らくは全力で一人の女性を痛めつけていました。

「うわあああああああああっ！」

叫《さけ》ぶ女性。

「………………」

一体どういった事情を経《へ》てこのような光景になったのかは存じ上げません。もしかしたら怪しい格好《かっこう》の二人には事情があるのかもしれません。雪の上で叫んでいる彼女には叩《たた》かれるだけの理由があるのかもしれません。

しかし気分のいい光景でないことだけは間違いありません。

ろくに事情も知らずにただ痛めつけられている様子だけを眺めて可哀《かわい》そうと嘆《なげ》くなど、愚《おろ》か者のすることだと分かってはいますが、しかし、分かっていても、よそ者は反射的に弱者の肩を持ってしまうものです。

だから私は、ほうきを降りました。

そして杖《つえ》を出し、女性のほうへと歩み寄り、ひとまず魔法でも放って女性と男性二人を引き離そうとしました。

「あの、だいじょう――」

けれど。

「ちっがあああああああああああああう！」

私が割って入ろうとしたその直後です。

叩かれ続けていた女性が雪山に轟《とどろ》くほどの怒号《どごう》とともにその場に立ち上がりました。茶色の長い髪を振り乱し、雪を落とすその様子は年頃の女性とは思えないほどワイルド。

その手には杖がありました。

白い服はローブであり、そしてロングスカートであり、要するに彼女は、魔法使いでした。お見受けしたところブローチもコサージュも見当たりません。魔導士《まどうし》でしょう。

ところで散々《さんざん》叩かれ続けていたはずなのですが、彼女はわりと元気でした。

「ぜんっぜん違うんだよボケがあああああ！」

立ち上がるや否《いな》やそのまま杖を持った手を振りかぶる彼女。「おらあああ！」そのまま男性を全力で殴りました。「おりゃあああああ！」そしてもう一人を思いっきり蹴《け》り飛ばしました。

――魔法は、使わないんですか……？

遠巻きに眺めながらその異質すぎる様子にぽかんと口を開けるしかありませんでした。魔法もろくに使わず暴力に訴える様子も奇妙でしたが、何より、全力で男性二人に襲い掛かる彼女の身体には、多少の雪はこびりついているものの、怪我《けが》らしきものがどこにも見当たらなかったのです。

顔も綺麗なままです。

先ほどまで遠慮《えんりょ》なく叩かれ続けていたはずです。多少なりとも怪我を負っていてもおかしくないはずなのですけれども――。

「なんでそんな単調な動きしかできねえんだお前らはよぉ！　もうちょっと人間らしい動きの一つ

でもしてみろや！」

雪の上の転がる男性二人を更《さら》に蹴り飛ばす茶髪《ちゃぱつ》の魔法使いさん。

「…………」

――魔法は、使わないんですか……？

などと私は当惑《とうわく》しながらその様子をただただ眺めていたわけですが、何が起こっているのやらさっぱり理解できなかったほどですが。

唯一理解できたのは、今しがた思いっきり蹴り飛ばされた二人の男性が、人間ではなかったということです。

彼女に足蹴《あしげ》にされた男性二人は、そのまま身体がばらばらに砕《くだ》け、どろどろに溶けて、雪に汚《よご》れを残して消えてしまいました。

どうやら二人は魔法で作られたお人形のようでした。

「ところで君はどなた？」

ひと段落ついたところで冷静さを取り戻したのでしょうか。杖を握り締めたまま、茶髪の女性はこちらを振り返りました。

先ほどまでの乱暴な様子はその顔には欠片《かけら》ほども残っておらず、満面《まんめん》の笑みで彼女は私を見つめていました。澄《す》んだ瞳《ひとみ》でした。

歳の頃は二十代前半くらいでしょうか。

どことなく人懐《ひとなつ》っこさと愛嬌《あいきょう》のある笑みでした。

「こんにちは。こんなところで会うなんて、奇遇《きぐう》だね」

ふふふ、と笑う彼女。

「…………」

いや、無理です……。

人形に思いっきり殴《なぐ》られていた現場から拳《こぶし》と蹴りを叩き込むに至るまでの流れをぜんぶ見せられたうえでそんな笑みを浮かべられても、屈託《くったく》のない笑顔をお返しできるほど私はできた人間ではないです……。

「おっと。ごめんごめん。ちょっと変な誤解を与えてしまったようだね」

肩をすくめる彼女。私はただひたすら引いていたのですけれど、彼女は気にも留めることなく、それから杖を自らの顔の前に構え、紙切れを一枚用意しました。

直後に杖の先から魔力の塊《かたまり》が漏《も》れ、もやもやと煙《けむり》のように揺《ゆ》れながらも、一つの形にまとまります。

四角い箱のような形であり、けれどこちらに向けて丸みを帯びたレンズが向けられており、それは見れば見るほどカメラと思《おぼ》しき形をしていました。

「……それは、何ですか？」

察しの悪い私です。

答える代わりに彼女は杖を指先でとん、と押します。

直後にばつん、と杖の先から光が放たれ、紙切れがひらひらと私の下へと舞い降ります。

呆《ほう》けた顔をした私がそこには写《うつ》し出されていました。

即席で写真を撮る魔法のようです。

「さっきのは全部撮影《さつえい》のためにやってたことだよ。ちょっと人形を使いながら撮影できるかどうか試してたのさ」

彼女は笑います。「もしかして悪い男達がいたいけな女の子を虐《いじ》めているように見えた？　まあご覧の通り、そんな男達は存在しないよ」

雪に広がる汚れを指差し笑う彼女。

…………。

いえ……。

「どちらかというと怖《こわ》い魔法使いさんが二人の男性をいたぶっているように見えましたけど……」

彼女は再び笑いました。

「そんな魔法使いも存在しないよ」

○

雪山で撮影をしていた彼女はそれから「私のテントがすぐそこにある。ここで会ったのも何かの縁だし、茶でも飲もう」と案内してくれました。

立ち話を延々《えんえん》とするには外は寒すぎますし、私も彼女のことには興味があります。拒《こば》む理由はないでしょう。

雪を踏みしめ、歩く最中。

私と彼女を導くように、小さな生き物が尻尾《しっぽ》を揺らしていました。雪にできた可愛《かわい》らしい足跡を辿るように、私は歩みます。

しかしこの生き物は一体何なのでしょう?

首をかしげる私に、隣《となり》の彼女は「ああ」と思い出したようにこちらを向き、

「そういえば自己紹介がまだだった。私の名前はサリオ。はじめましてだね」と手を差し出してきます。

握手ですね。

「私はイレイナです。灰《はい》の魔女です。旅人です」私は彼女の手をとりながら答えました。軽く握った手は冬の寒さにひんやりとしていました。

「私はご覧の通り魔導士。魔法使いとしての出世《しゅっせ》には興味ないんでね」興味あんのはこれだよこれ、と彼女は杖の先に箱を出します。お写真を撮る類《たぐい》の魔法ですね。とりあえずピースしときましたが、

「さっき撮ったろ」と引っ込められてしまいました。

曰《いわ》く、お金にならない写真は極力撮らない主義、だそうです。

おやまあ。

「私の顔に商品価値はないんですか……」

ちょっと凹《へこ》みますね……。

「いや私がとりたい種類の写真じゃないってことだよ」首を振りながら彼女はのたまいます。「私は風景や可愛らしい人や可愛らしい生き物なんかの撮影には興味がなくてね」

「可愛らしい人……」

ちょっと照れますね……。

「君なんなの自分の顔が好きなの？」露骨《ろこつ》に呆《あき》れるサリオさんでした。「私が撮りたいのは主にスクープ写真なんだよ。だからただの風景や人物はあまり撮らないんだ」

「スクープですか」

しかしその願望と二人の男性に棍棒《こんぼう》でぼこぼこにされていた経緯《けいい》が全《まった》く繋《つな》がってこないのですけれど……？

当惑する私でしたが、恐らく私の胸中は彼女にはまるで伝わっていないことでしょう。サリオさんはそれから足跡をつけつづける小さな生き物を見下ろして、

「そういえば、あの子の紹介がまだだったね。あの子の名前はポチ。私の相棒《あいぼう》だ」

などとゆるりとした雰囲気《ふんいき》とともに小さな生き物をご紹介。

「ポチ……」

「いい名前だろう」

「ええ、まあ……」可愛らしい響きの名前ではありますね。「何という名前の生き物なんですか？」

ネコのように見えますが、しかしその割に身体は丸々としていて、脚は短く、毛も長く、猫のようで猫でない不思議な生き物に見えました。鳴き声は猫そのものでしたけれども。

「アンジアという名前の種族だよ。知らないの？」

「私、旅人ですので」

「こいつはこの辺りの地域に生息している。珍しい生き物だよ」

曰く、アンジアという種族は主にこの地域の雪山のほうに生息している生物だそうです。滅多《めった》に人の前に姿を現すことはなく、白銀の世界でひっそりと生きている彼らは大人になってもネコより小柄《こがら》で、雪の中にいるときには毛の色も相まってほとんど見えないといいます。

アンジアのほとんどは警戒心《けいかいしん》が強く、人の姿を見ただけですぐさま逃げ去ってしまうそうです。

その割には私達を先導するサリオさんの相棒たるポチは、人に懐いているように見えました。

「こいつはちょっと変わり者なんだよ」

とサリオさんは、自らの小さな相棒を眺めました。

それからほんの少し先には、一人用のテントが佇《たたず》んでおり、その目の前には椅子《いす》が一つ。

「座っていいよ」

彼女は私を促《うなが》し、座らせると、テントに入り、予備の椅子を持ってきて、私と向かい合うように腰を下ろしました。

見ると私達の間には棒《ぼう》切れが一本、突き刺してあります。相棒のポチが彼女のお膝《ひざ》の上に飛び乗り、丸くなった頃に、彼女は杖を振るい、棒に火を灯《とも》しました。

魔法で灯された火は、私達の間で熱を放ちながら、冬の風に大きくゆらめいていました。

「暖かいだろう」

ふふふ、と笑みを浮かべるサリオさん。

曰く、魔法道具の一種で、雪原の中で焚火《たきび》ができる便利グッズだそうです。

ほんのりとした暖かさに全身から力が抜けていくのが感じられました。ため息がこぼれてしまいます。

「そうですね……」

「しかしこんな寒い中、何の撮影をしていたんです？」

火にあたらなければなかなか過酷《かこく》な環境だと思うのですけれど。

私はここを通りがかっただけですし、すぐにも降りてしまいますけれども、お見受けしたところテントを張るほど彼女はこの場に滞在しているようです。

それほど大事な写真を撮らねばならないのでしょうか。

「ここから南に少し進んだ先には公国アレサリーという国がある」

言われて私は辺りを窺《うかが》います。

一面見渡す限りが雪化粧《ゆきげしょう》に覆われていて、国らしきものはここからでは確認することができませんでした。公国アレサリーはここからそれなりに遠方にあるようです。

サリオさんは杖を操り、テントの中からティーカップを二つ、魔法でふわふわと浮かせながら、持ってきました。

動くのが億劫《おっくう》だったんでしょうね。

「ここからじゃ確認できないが、アレサリーは私の故郷《こきょう》にあたる。春は暖かく、冬は雪が降る。夏場はそこそこ涼《すず》しく秋は紅葉《こうよう》が見られる。親切すぎるほど親切な人間が多く、心優しい住民ばかりの素晴らしい国なんて評価もされていると聞く。治安もいい」

「…………」

目の前に紅茶《こうちゃ》の入ったティーカップが漂《ただよ》います。

私は彼女にお辞儀《じぎ》をしてそれを受け取りながら、「じゃあ、いい国なんですね」と答えます。

「ああ。私は嫌いだけどね」

「なぜです？」

「いい国すぎて私のような卑《いや》しい人間が一人もいないんでね」

「卑しいと自称なさっている割に私は親切にしてもらっていますけど」私は指差します。お膝の上のティーカップと、私達の間で揺れる小さな火。

「いやいや。十分すぎるくらいに卑しいよ」

いえいえ。でも私、知ってますよ？　こういう風に自虐的《じぎゃくてき》な人に限って根っからのいい人だということを。貴女《あなた》もそういう類《たぐい》のお方なのでしょう？　騙《だま》されませんよ？

「魔女さん、ところで炎上商法《えんじょうしょうほう》ってご存じ？」

へへへ、と途端《とたん》に表情が緩《ゆる》むサリオさん。

大金を前にしたときの私と大体同列に並べられそうな感じの顔をしておりました。

「…………」

おっと嫌な予感がしますね？

「私の故郷のほうではアンジアはたいそう可愛がられていてね、高値で売買されてんのさ。さっきも話したが、アンジアは警戒心が強く、滅多《めった》に人前に出ない。野生のアンジアなんざほとんど手に入らないくらいだ」

「あなたの相棒のポチはどこで手に入れたんですか？」

「ん？　密猟《みつりょう》」

「うわあ」

「嘘《うそ》だよ。普通に買ったんだ」真偽《しんぎ》のほどは定かではありませんが、お膝の上の相棒は彼女の言葉にあくびを漏らしておいででした。

愛《いと》しそうに見下ろすサリオさんは、その柔《やわ》らかい毛並みを撫《な》でながら、

「近頃はな、可愛い可愛いアンジアちゃんに金の匂《にお》いを嗅《か》ぎつけて、乱獲《らんかく》しようとしている連中が後を絶たないんだ。さっき私がぼこぼこにしてた人形、覚えてる？」

「ええ」しばらく夢に出てきそうです。

「あんな感じの風貌《ふうぼう》をした連中が近頃はこの雪山でアンジアの密漁をしてんのさ。この近辺は穴場《あなば》でね、ほかの場所に生息しているアンジアに比べて警戒心が低い子が多い。餌《えさ》に釣られれば簡単に捕まっちまうんだよ」

「警戒心が低い子が多い……」

自然と私の視線が彼女のお膝あたりに落ちます。

「いや、この子は違うから」

「まだ何も言ってませんけど」

「言いたいことは大体分かるし」

失礼なやつめ！　とサリオさん。

スクープ写真が撮りたい、と仰っていましたし、おそらくはアンジアの乱獲の現場を撮影したいのでしょうけれども。

「それで乱獲の穴場まで来てやっていることがよく分からないお人形を使った撮影、ですか？」一体どういうことです？　と私は首をかしげました。

「いやいや私も本当だったらリアルな絵が撮《と》りたかったよ？　本物の密売業者《みつばい》を追跡して、犯罪の一部始終《いちぶしじゅう》を収めて故郷に持ち帰りたかったさ。でもどうやらここ数日は運が悪かったみたいでね」

「現場を押さえられなかったんですか」

「野生のアンジアとただ戯れるだけで数日が過ぎていったよ……」

「密売業者のほうがよほど警戒心強いみたいですね……」

「そんなわけで最終手段に出たというわけだ」

言いながら彼女は杖を振るいます。

するとそこら中から雪が寄せ集まり、人の形に姿を変えていきました。彼女は像をしげしげと眺めると「まあこんなもんでいいか」と頷《うなず》き、ポケットから小瓶《こびん》を取り出します。

蓋《ふた》を開けて、中の液体を雪像にかけると、変化はすぐに表れました。

先ほどサリオさんによってぐずぐずに崩された男性の姿に変わったのです。

「私が持っているのは特殊な魔法薬でね、雪にかけると本物そっくりの偶像《ぐうぞう》を作ることができるんだよ。ぶん殴らない限りは偽物だとはばれないはずだ」

「………」

ここまで話を聞いてしまえば、彼女が何をしようとしているのかなんとなく察しはつくというもの。

彼女は言いました。

「どうしても現場が撮れなかったんでな、こいつらと私の相棒を使って、密売の現場を再現しようとしたってわけ」

「……しかし魔法でお人形を操《あやつ》りながら写真を撮るというのはなかなか至難《しなん》の業《わざ》では？」

「そうだね。だからさっきはぶっ壊すことになったんだけどね」ふふふ、と笑う彼女。

要は上手《うま》くいかなかったのでしょうね。

一度に二つの複雑な魔法を行使するのは結構骨《ほね》だと思いますし、それにスクープが撮りたい彼女としては、雑な写真で妥協《だきょう》したくはなかったのかもしれませんね。

だからといって偽物の写真で妥協しようと思えるのはちょっと理解できないのですけどね……。

「撮った写真を故郷でばら撒《ま》けば、新聞社には高値で売れるだろうよ。火が付けば私の名も売れる。いいことづくめの万々歳《ばんばんざい》だ」

「要は儲《もう》けられればもう何でもいいと」

「まあそういうことだな」

人は刺激を求める生き物です。

特に国中で可愛がられている生き物が悪い大人たちの手によって乱獲されていると知れば国中でよくも悪くも話題になることでしょう。

そして金儲けのためのいい題材が、アンジアの乱獲だったと。

「でも写真は偽物なんですよね？」

「だが密漁されていることは事実だ。過激な写真を撮ればよくも悪くも注目を集められる」

悪い噂《うわさ》ほど早く広く伝わるものです。

しかしこういった過激なやり方というものはいつの日も本筋《ほんすじ》とは関係のないところで、本筋とは関係のない騒動が起きるものでもあります。

一度つけた火の手は決して制御しきれないのです。

「燃えても最後は誰の記憶にも残らないかもしれませんよ」

「だが私の懐《ふところ》は温まる」

私達の間で小さな火は未だゆらゆらと風に揺られながらほんのりと熱を放っています。

なるほどお金さえ手に入ればそれでいいということなのでしょう。

「悪い人を自称するだけありますね……」

優しい人ばかりの国出身とは到底《とうてい》思えないほどです。

「ところで魔女さん。私は優しい人間ばかりの故郷が嫌いだったが、しかし故郷の風習《ふうしゅう》で一つだけ好きなものがある」

唐突《とうとつ》ですね。

「何です？」

私は紅茶を一口飲みながら、首をかしげます。

彼女は言いました。

「私の故郷には、一杯の茶をご馳走《ちそう》になったら何かを返さなければならないという風習があるんだ。まあ茶じゃなくても何でもいいんだが、とにかく親切にされたら何かを返さなければならないということさ。親切心に溢れた人間ばかりの国らしい素晴らしい風習だな」

「………………」

「ちなみに私の故郷の連中はマナーには厳《きび》しくてな、施《ほどこ》しを受けておきながら何も返さないような不届き者は徹底的に叩きのめされるという憂《う》き目に遭うものだ」

「………………」

「そして私はこれから撮影を再開したいと思っている」

そこまで言い切ったところで、彼女は冷めた紅茶を飲み干します。

後の言葉はどうやら呑《の》み込んでしまったようですが、しかし、「言いたいことは分かるよね？」と彼女のふるまい一つひとつが物語っていました。

傍《かたわ》らですっかり萎《しぼ》んだお手伝いのお人形を利用するよりも、もっと生々しい絵が撮りたいということなのでしょう。

おやおや。

「マジですか」

「散々言ったろ。私は卑しい人間だって」

「自虐かと思いました」

「事実だよ」

私は手元に未だ残っていた紅茶を飲み干してから、青く広い空を眺めました。未だ温かさを残していた紅茶は身体をどこからともなく温めていきます。

ほう、と息を吐《は》けば仄《かす》かに白く濁《にご》った息がふわり舞って、私達の間の火を揺らしました。

「優しさと卑しさって似てるんですね……」

○

さてそんな流れを経て私はサリオさんと共に雪山でろくでもないことをやることになったのです。

つまるところ偽物のスクープ写真撮影。

本来ならば密売業者の格好をした人形を使って写真を撮るところでしたが、まずは予行演習も兼《か》ねて、私がお人形の代わりに珍しい生き物ことアンジアを無理やり捕まえる密売業者の役割を担うことになりました。

「じゃあまずは好きなポーズとってみて」

サリオさんの雑な指示により撮影は始まりました。

ばつん、ばつん、と杖から光が放たれます。

「ふふふ……さっきから気になっていたんですけど……とてもよい毛並みをしていますね……」

雪化粧の中。ポチをお膝にのせて撫でる私。「みゃあ」と心地よさそうに鳴く小さな生き物はごろごろと喉《のど》を鳴らしていました。丸々としていなければ本当にただの猫のよう。

とても心地いいものですね……。

「おいおい待て待て！　密売業者がそんな愛情たっぷりにアンジアを撫でると思ってんのか？　もっと物のように雑に扱《あつか》ってみろよ！」

「ええ……」

やり直しを要望されてしまいました。求めている絵とちょっと違うそうです。

「じゃあこの道具使ってやってみて」

そう言って渡されたのは、お肉のついた竿《さお》。

「あ、はい」

言われるがままに私は彼女の要望に応《こた》えます。

ばつん、ばつん。

「ほうら。これが欲しいんですか？　ふふふ……ジャンプしてごらんなさい」

「みゃあ」

雪の上を飛び跳ねるポチ。その視線の先にはお肉。がぶりと噛《か》むと、肉汁《にくじる》を雪の上で散らしながら唸《うな》り、貪《むさぼ》っておりました。ワイルドですね……。

「おらどうした！　もっと雪の上で強引に食わせろ！　私の相棒はなあ！　そんなお上品に肉を食

べたりしねえんだよ！」

「………」

こっちはもっとワイルドですね……。

「じゃあ次はこの袋にポチを詰め込んでみて」

そう言って渡されたのは大きめの麻袋《あさぶくろ》。

「はあ……」

やはり言われるがままに彼女の要望に応える私でした。

ばつん、ばつん。

「こんな感じでいいですか？」

えいやっ、とポチの上から麻袋を被《かぶ》せる私でした。

「駄目《だめ》だ駄目だ！　もっと下衆《げすい》い顔で袋に突っ込むんだよ！」

ばつん、ばつん。

「いや顔にまでリアリティ求められても困るんですけど……」これ予行演習ですよね？

「今の表情いいね！」

ばつん。

それからも写真は何度もサリオさんの手によって撮られ続け、その場で紙切れに私とアンジアの戯《たわむ》れる姿が写し出され続けました。

一見するとやかましい撮影係を前に小さな生き物と遊んでいるだけなのですが、これが結構大事なことなのだといいます。

「――まあ、大体こんな感じかな」

サリオさんは撮った写真の数々を私に見せてくれました。

私がポチと戯れ続けた絵は、本番の撮影の参考資料として使われます。

偽物のスクープ写真の撮影はここから始まるのです。

杖を手にとり、横に並ぶ私とサリオさん。

私達の見つめる先には、密売業者――の人形と、アンジアが一匹。

「このポーズとらせてみて」

サリオさんは先ほど撮ったばかりの写真を私に見せます。

「はいはい」

私は杖を振るい、人形を操ります。

どうしても魔法で人形を操りながら写真撮影を行うのは至難の業であったようです。ですから分業で写真撮影を行うことにしました。

私が人形を操り、サリオさんは写真を撮ります。

つまり私は完全に彼女のろくでもない商売に加担《かたん》してしまったというわけですね。

「これで私はあなたの故郷に行きづらくなりましたね……」

ばつん、と写真が撮られ、人形がポチを追いかけまわします。

「え、なんで？」

ばつん、と写真を撮りながらもサリオさんは呆《ほう》けた顔を私に向けます。「べつに気にせず行けばいいじゃん。予行演習で撮った写真なら破棄《はき》するつもりだし、君が私の仕事に加担した証拠は残さないつもりだよ」

「心象《しんしょう》の問題ですよ」

たとえ証拠が残らずとも、私がこうして加担している事実がなくなるわけではありません。もしも仮に彼女の思惑《おもわく》通りに写真が国中で注目を浴びるような結果になればなおさら。

国に赴けば、写真を撮ったことによる結末を目にすることになるのですから。

偽物のスクープ写真によってサリオさんは儲かるのかもしれません。注目を浴びるのかもしれません。故郷の人々はペットとして飼《か》っている可愛らしいアンジアを守るために保護活動などを始めるかもしれません。

けれど国の人々すべてがサリオさんを賞賛《しょうさん》するようには思えないのです。可愛らしい生き物が惨《みじ》めな目に遭《あ》っている写真に気分を害する者も当然いるでしょう。

「国の人々の怒りの矛先《ほこさき》が自分自身に向かう可能性だってあることは理解したうえで写真を撮っているんですよね」

彼女は偽りの写真を見せて、国の人々を焚《た》きつけて、注目を集めて、お金儲けをしようとしているのです。

当然、自らつけた火によって焼かれる可能性もあるわけです。

ばつん。

彼女は写真を撮り続けながら、答えました。

「当然だろ」

でなければこんな写真は撮らないよ、と。

「…………」

写真を撮り続ける彼女の横で、私は人形を操り続けます。雪の上では小さな生き物アンジアが、私の人形によって袋に詰め込まれていました。「みゃあ」と袋の中で退屈そうな鳴き声を漏らしました。

一見すれば、それは哀れで可哀そうな情景に見えました。

優しい人ばかりの国にこんな様子を見せつければ怒りが蔓延《まんえん》することは免《まぬが》れないでしょう。

「ひとつ聞いてもいいですか?」

「なに?」

ばつん、と写真は撮られ続けます。

ポチが袋からひょいと飛び出て、雪の上に転がりました。すかさずサリオさんは「次これ撮ろう」と先ほど撮った私の写真を掲げ、私は彼女の指示通りに人形を動かします。

ばつん、ばつん、と絶えず偽物の密猟現場が作り上げられていきます。

私には疑問でした。

「どうしてこんな回りくどいことをするんですか?」

お金儲けならばもっと楽な方法があるでしょう。わざわざ故郷の人々から憎悪《ぞうお》を向けられるようなリスクを背負わなくても、まっとうに写真を撮り続けたほうが堅実《けんじつ》であることは間違いないはずです。

彼女が言うように炎上商法でもすれば注目が集められることは間違いありません。彼女の名が売れる可能性もゼロではありません。

しかし同時にすべてを失うリスクだってあるのです。

彼女がいま撮り続けている光景は、その代償に見合うものなのでしょうか？

彼女はばつん、と写真を撮り続けながら、語ります。

「私の故郷にアンジアが初めて持ち込まれたのは、今から五年ほど前のことなんだ」

曰く。

小さく、可愛らしい外見のアンジアは瞬く間に国の中で人気者となりました。多くの家庭で飼われ、多くの家庭で愛されました。高値であろうと手を伸ばす人が絶えることはなく、アンジアに国中が夢中になりました。

ところが。

「持ち込まれて半年が経った頃、アンジアの盗難と虐待《ぎゃくたい》が相次ぐようになった」

人気ゆえに高値だったからでしょうか。

もともと富裕層が主な購買者層だったわけですが、アンジアが流行《はや》った時期から、富裕層を狙《ねら》った空き巣が増えたといいます。

狙われたのはお金ではなく、小さな生き物、アンジアでした。

そして同時期から、アンジアの虐待も見られるようになりました。路地裏で傷つき、倒れているアンジアや、息絶えているアンジアが次々と見つかるようになったのです。

「いい人間ばかりの国といっても、ろくでもない悪人も少しはいるものだ。どこかの誰かがアンジアを盗んで、痛めつけていると私の故郷の人間たちは判断した」

公国アレサリーはいい人ばかりの国。

アンジアを盗んで痛めつけている犯人を捜《さが》すために、当然の如《ごと》く街の人々は血眼《ちまなこ》になって怪しい人間を探しました。

そしてそれからすぐに、一人の容疑者が浮上しました。

「名前はカエナ。当時はまだ十七歳くらいだったかな、黒い髪に黒い目で、いつも黒い服ばかり着てる不気味な魔法使いだった。友達もおらず、人と喋《しゃべ》ることすら稀《まれ》なくらいに無口なやつだった」

職業は新聞社に雇《やと》われている写真家であったそうですが、大した貯金もなく、給与も不安定だったためか、彼女はいつも安物の服を着て、安い食事を摂《と》っていたといいます。

不気味なカエナさんに対して嫌疑《けんぎ》がかかったのは、盗難と虐待騒ぎが出てからすぐのことでした。アンジア窃盗犯捜索《せっとうはんそうさく》のために街を巡回《じゅんかい》していた善良な国民の一人が、偶然《ぐうぜん》、見てしまったのです。

カエナさんがアンジアの写真を大量に所持していることを。

「……それだけの理由で疑われたんですか？　そのカエナさんは」

ただ写真を持っていただけです。

けれども、

「疑いの目が向けられるには十分すぎる理由だったんだよ。当時はアンジアなんて簡単に購入できる生き物じゃなかった。十七歳程度の子が買うなんておかしいって意見が圧倒的多数だったんだ」

疑いの目を向けられたカエナさん。

やがて街の人々は、怪しい彼女に対してこのように思うようになります。

カエナさんは、盗んだアンジアを痛めつけて、苦しんでいる様子を写真に収めてから路地裏《ろじうら》に捨てている危険人物なのではないか。

嫌疑《けんぎ》の目はやがて人々の中で確信へと変わっていきました。

普段から不気味だったこともあり、公国アレサリーの人々はカエナさんが悪人であると断定したのです。

彼女が犯人であると決まると、それからは泡《あわ》のように次から次へと証拠が浮上しました。

近頃の彼女は路地裏をうろつくことが多くなっただとか。ここ数か月は今までとは変わって人と話すようになっただとか。早く家に帰りたがるようになっただとか。

きっとこれらはすべて、アンジアを盗んで、痛めつけて、憂《う》さ晴《ば》らしをしているからだろうと街の人々は思いました。

正義感に溢れた人々は、彼女の職場に押しかけました。彼女が行った悪事の数々を暴露《ばくろ》しました。

彼女がいかに悪人なのかを喧伝《けんでん》して回りました。

そこまで来ればもはや証拠など必要ありません。

街の人々の中では彼女こそがアンジアを虐待している張本人《ちょうほんにん》であり、その声こそが証拠だったのです。

そうして、街の人々から彼女は批判を浴び続けました。通りを歩くだけで罵声《ばせい》を浴びせられるような日々を、彼女は送りました。

けれどそれからしばらくした頃に、突然、とある事実が浮上します。

「アンジアを窃盗して回っていたのはよその国から出入りしていた商人だったそうだ。金になるアンジアに目をつけた商人は、金持ちの家から盗んで、繁殖《はんしょく》させて、儲けるつもりでいたらしい。いつものように盗みに入ろうとしていたところ普通に捕まってな、事実が明らかになった」

「…………」

要は全くの勘違い。

「カエナが路地裏をうろつくようになったのは、アンジアの保護活動をしていたからだった」

可愛らしい小さな生き物であるアンジアは、主に雪山に生息しています。四季《しき》がはっきり分かれている公国アレサリーへと突然連れてこられたことにストレスを感じていた子も多かったのでしょう。ストレスで自らの頭を壁にぶつけたり、家から逃げ出す子も多かったそうです。

「あまり公《おおやけ》になっていなかった事実だけれど、実際、アンジアを飼いきれずに裏路地に捨てるような金持ちも多かったそうだ。可愛い外見に惚《ほ》れて買ったのに突然おかしな行動をとるようになって戸惑《とまど》ったんだろう。路地裏に捨ててだんまりを決め込んでいれば、盗まれたことになって被害者面できるからな」

「そして棄《す》てられた子たちを、カエナさんは保護していたということですか」

サリオさんは頷きます。

「保護した子たちはもれなく国の施設に預けられた。つまり窃盗事件とは全くの無関係だったわけだ」

「……彼女が持っていた写真というのは？」

「自分で飼ってるアンジアの写真を眺めてただけだよ」

当時十七歳であった彼女はお友達もおらず、いつも一人でいました。

国でアンジアが流行し始めた頃に、彼女もまた多くの国民と同様に可愛らしいその外見に惚れたのです。

だから毎日の食事を切り詰めて、お洒落《しゃれ》も我慢《がまん》して、お金を貯めて、買ったのです。

けれど街の人々は、そんな彼女のことをまるで信じなかったのです。施設の人間が勘違いだと声を上げて訴えても、誰の耳にも届かなかった。

そうして、悲しい勘違いが正義感を暴走させてしまったのです。

「結局、商人が捕まったことで事件は一件落着。めでたしめでたし。街には平和が戻りましたとさ。哀れな十七歳がその後どうなったかなんて、誰も気に留めなかった」

ばつん、と思い出したように雪の上のアンジアを撮りながら、彼女は語り続けます。

「不思議だよな。街の連中は商人がたった一人捕まったくらいで、もうアンジアを狙う悪人がこの世から消えたと思ってる。あんな希少で金儲けのネタになるような生き物、狙わないはずがないのに」

国の中で窃盗をして捕まったというのならば。

「たとえばアンジアの生息地を突き止めて乱獲をしたり、とか、確かにやりようは幾らでもありますね」

「だろ」

ばつん、と彼女は写真を撮り続けます。「だから街の連中に見せてやるのさ。薄汚い商人たちがまだ生き残っているぞ、ってね」

「……それが偽物の写真でも構わないんですか」

「いいに決まってる」

どうせ私の故郷の連中は、真実なんてどうでもいいんだからな——と、彼女は答えます。

私は横で写真を撮り続ける彼女を見やります。

白いローブを着込んだ魔導士の写真家。髪は茶色で、彼女の話の中に出てきたカエナさんとは見るからに別人ですけれども。

「……カエナさんは今どこに？」

私は彼女に、尋ねていました。

彼女は写真を撮る手を止めて、こちらを向き、

「もう存在しないよ」

悪い顔で笑いながら、言いました。

「そいつは髪と名前を変えて、ろくでもない魔法使いとして生きることにしたからな」

○

季節過ぎて、初夏。

「ようこそ我が国、公国アレサリーへ！」

敬礼する衛兵さんの声を背に受けながら私は国の通りを歩きました。

治安もよく、優しい人ばかりの素敵な国と聞いています。

この国は他人を思いやるお国柄のようで、たとえば旅人が道をふらふらとさまよっていると声を掛けてくるのは当然のことで、この国の人はそれだけでなく世間話をしながら共に道を歩いてくれます。

「こんにちはぁ。魔女さま。どこから来ましたの？」「よかったらうちのお店で一杯飲んでいきませんか？　ああもちろんお代は結構ですようふふ」「長旅でお疲れでしょう。うちの宿屋ではとてもいい部屋をご用意できますよ」

などなど。

「……あ、いえ、結構です」

ここまで正直に善意をぶつけられてしまってはたじろいでしまいますね。私はこの国に長居《ながい》するつもりは端《はな》からないのです。

ですから迫りくる親切な人々を「いえいえ結構ですうふふ」とお断り。

聞いた話によればこの国には親切にされたら親切を返さなければならないということわざがあるそうで、ならばなおさら、この国の人々に何か用を頼む気にはなれませんでした。

「こんにちはぁ魔女様――」「よかったらうちの店で――」「長旅でお疲れでしょう――」

しかし断ってもしばらくするとまた同じように声を掛けてくるのです。

「…………」

押しつけがましい……。

とてもとても善意が押しつけがましい……。

「いえ、あの、ほんと結構ですので……」

公国アレサリーがいい国と呼ばれている一因《いちいん》に、この押しつけがましいまでの善意があるのでしょう。曰く、この国が相互扶助《そうごふじょ》を推奨《すいしょう》するような国であることは近隣諸国《きんりんしょこく》には周知《しゅうち》のことであり、助け合いの精神を好まないような人間はそもそも入国すらしないのだといいます。鬱陶《うっとう》しいですからね。

つまるところこの国の風習を喜ぶ者ばかりが入国するために、相対的にいい国であるという評価だけが残るのでしょう。

ということで評判とは随分と違う国の実情にへとへとになりながらも私は歩くのでした。

しばらく大通りを進むと、露店のパン屋さんと邂逅《かいこう》しました。

ふわりと漂うのは心落ち着くいい香り。まるで花の蜜《みつ》に誘われた蝶《ちょう》のようにひらひらと私の脚は露店のほうへと流れていきます。

「おや嬢ちゃん、旅人だね？　ようこそいらっしゃい！」

ふくよかなおば様が私を歓迎してくれました。「パン、今なら焼きたてだよ！」

さあさあどうぞ食べてくださいな、などと甘く語り掛けるようにふわふわのパンたちが店先には綺麗に並んでいます。

そういえば昼食がまだでしたね――。

「じゃあ一つ買いましょうか――」

お財布《さいふ》を出す私の手に迷いはありませんでした。パンの前で私という旅人は度々《たびたび》無力へとなり果てる者なのです。美味《おい》しそうな香りですからね、仕方ないですね。

店主のおば様はそんな財布の紐《ひも》がだらだらに緩み切った私を見つめ、言います。

「いいよいいよタダで。持っていきな！」

タダ……！

「え、タダでいいんですか……？」

「旅人さん可愛いからね、サービスだよ！」

うふふ、と店主のおば様。

サービスですか？　いいんですか？　最高ですか……？

などと。普段の私ならばこの好意にあっさりと乗っかって、わあいじゃあおひとついただきますー。とパンを頂《いただ》いていることでしょう。

しかし、忘れてはなりません。

この国は施《ほどこ》しを受けたならば何かを返さなければならない国。

無料でパンを頂いたということは、つまり何かを返さなければならなくなるということでもあります。恐らく私がいい人間ならば、パンを貰《もら》ったお礼にと何かをお返しすることに何ら抵抗も抱かないのでしょう。

しかし私は正直に申し上げればそこそこ卑しい人間です。

タダでくれるならばタダで貰いたいのです。

というか別にお金を払うことに関しては何ら抵抗はないのです。

「いえいえいいですよ。お金、払いますよ」

「いいっての。入国祝いだよ！　持っていきな！」

「いえいえいえいえ。払いますよ」

「いいっての！」

「いえいえいえいえ」

本音を言えばお金を払って関係を割り切りたいのです。入ったばかりの国で出会った露店の方と顧客と店主という間柄以上の関係になるつもりはありません。

押し問答がしばらく続いたのちに、店主さんは「仕方ないな」と折れ、

「じゃあ、この募金《ぼきん》にお金を寄付してくれるかい。それならどうだい」

そして箱を一つ、露店に置きました。

「…………」

それは一枚の写真が張り付けられた募金箱。

雪の上に横たわる、小さな生き物の写真でした。

「こいつはアンジアといってね、うちの国でペットとして人気の生き物なんだ」

店主のおば様は写真に釘《くぎ》付けになる私に、話してくれました。

曰く、アンジアという生き物がこの国でペットとして持ち込まれたのは五年ほど前の話。希少で高価だが、可愛らしい外見からすぐに人気になったそうです。

商人たちにもすぐにその噂は広まりました。

この国の人々がアンジアを簡単に買ってしまうことを知った商人たちは、アンジアを山で乱獲するようになりました。

商人たちは雪の中を逃げ惑うアンジアを強引に捕まえ、乱暴に扱い、公国アレサリーへと卸《おろ》していたのです。

雪の上、檻《おり》の中に閉じ込められるアンジアを写したその写真は、そんな哀れなアンジアの本当の姿を写したものとして、この国で瞬《また》く間に話題になったといいます。

もちろん悪い意味で。

「この写真に私達は大きな衝撃を受けたもんさ。だってこの写真、どう見たって、ア、アンジ、ア、を乱、獲、している、密猟者が、撮っ、た、写真だろう？」

「…………」

「当然、写真を撮って金儲けしたサリオとかいう魔法使いはこの国を追い出されたよ。こいつはア

ンジアの密猟に加担してたんだ」

悪い魔法使いのサリオに批判が相次いだといいます。そのうえ、彼女が写真をばら撒《ま》き、アンジアの乱獲に関する記事をあつらえたところ、密猟者が更に増えたと言われています。

彼女が問題提起を行ったせいで、アンジアの生息地が多くの人の知るところとなってしまったのです。

誰も知らなければ、密猟者がこぞこそとアンジアを捕獲していただけだったのに。

それはそれはとても悲しくて、嘆《なげ》かわしいことであり。

この国の人々は深く怒りました。

「だから私達はサリオを追い出し、保護活動に力を入れるようになったのさ」

どうやらこの街のいたるところでアンジアの保護のための募金活動が行われているようです。

また、保護活動の一環《いっかん》として、この国の魔法使いが定期的に山で密猟者の摘発《てきはつ》も行っていると言います。

この国はアンジアを悪い人間から守っているのです。

しかし、この事実は、言い換えるのならば。

「この写真が公開されてからアンジアの保護をするようになった、という風にもとれますね」

サリオさんの問題提起がなければ、ひょっとしたらいつまでもアンジアは乱獲され続けていたのではないでしょうか。

「はっはっは。なんだい？　サリオが写真を撮ったおかげでアンジアを保護するようになったたんじゃないか、って言いたいのかい？」

パン屋のおば様は大いに笑いました。「そりゃ違うよ魔女さん。保護活動をしてる魔法使いが現地の人に聞いたんだ。噂じゃ、サリオの写真が話題になるよりも前から、うちの国の人間が密猟者を摘発して回っていたらしい」

「……そうなんですか」

「そうさ」

パン屋のおば様は、そして頷き、言うのです。

「多くの人の目に触れて騒がれるようになったから、大々的に保護活動をやるようになったってだけの話さ」

やってることは昔も今も変わらないのさ――と。

○

時間遡って、晩冬。

私はサリオさんと雪山で少しばかりの時間を共にし、そのまま山を下りました。

彼女はもうしばらく山の中で撮影をしてから故郷へと戻るつもりだそうです。「とりあえず密売業者と巡り会うためにもうちょっと粘《ねば》っておく」とのことで。

写真が撮れたのに未《いま》だ粘る理由というのが私にはよく分かりませんでしたが、まあ写真家もしくはジャーナリストのサリオさんなりのこだわりというものがあるのでしょう。

特に振り返ることもなければ、人と会うこともなく、私はそれから数時間後に麓《ふもと》の村へと無事辿り着きました。

初めて訪れた村です。

まともに数えたわけではありませんが、家の数は数えきれる程度にしかなく、門もなければ人も立っていません。雪もなく、緑に溢れている平和そうな村でした。

「おお！　魔法使いさんか！　歓迎するよ！」

ほうきに乗って村を訪れた私を見るなり、村の人々は諸手《もろて》をあげて喜びました。「さあさあ、どうぞ！　お疲れでしょう！」『わが村の名物をぜひ食べていってください！」

おやおや何とお優しいのでしょう。

あらあらどうも、と愛想《あいそ》笑いを浮かべながら、私は村の中を案内されるままに漂います。どこから来たのですか、今日はぜひわが村の宿に泊まっていってください、あとで宿に料理をお持ちしますね——などなど、村の方々の親切心が眩《まぶ》しく暑苦しいくらいで、この村の人々の熱が雪を溶かしたのではと錯覚《さっかく》すること請《う》け合《あ》いでした。

村のあちこちに建つ木造りの家は古く、柵《さく》に覆われた庭の中では、小さな子どもとアンジアが遊んでいる様子も見られました。

この村ではアンジアの飼育が流行しているのでしょうか——。

もしかしてここがサリオさんの生まれ故郷の公国アレサリーですか……？　などと一瞬思いもし

ましたが、それにしては近すぎますね。彼女の生まれ故郷は確かもっと南にずっと進んだ先にあると聞いています。

「可愛いでしょう！　わが村のアンジアはとっても人懐っこいんですよ！」

私を案内する村人の一人が熱意たっぷりに語ってくれました。「わが村ではペット用のアンジアを育てていましてね、近隣の国々に売っているんですよ。アンジアのふるさとといったらこの村を指すくらいに有名なのですよ！」

「へえ……」

村の方々曰く、昔からこの村ではアンジアを育てており、永年《ながねん》飼いならされたアンジア達は基本的に人間を恐れることがないのだそうな。

近くの山に生息しているアンジア達は、恐らく昔、村から逃げ出した子が野生化したものだろうとも言っていました。

なるほどルーツが村で飼育された子ならば人間に対しての警戒心が薄い、というのも分からない話ではありません。

村の方々はそこまでお話をしたところで、

「しかし近頃は山に密売業者が来るようになってしまいましてな」

この村が昨今《さっこん》抱えておられる問題も、吐露《とろ》しました。人懐っこいアンジアが山で捕れる、という情報がどこからか漏れてしまったのだそうです。どこかの国が高値で買い取ってくれるということもあり、業者は増え続ける一方なのだとか。

「……なるほど」

ちらりと村の隅《すみ》っこのほうに目をやりました。木陰《こかげ》に男が複数人。「それで、あちらにいる人たちは何なんです?」彼らは縄《なわ》で繋がれ、ぐったりとしております。

「その密売業者の連中です」

村人さんにとってはもはや見慣れた光景なのでしょう。

あっさりと答えてくれました。

曰く。

「ここ最近、山に滞在《たいざい》している魔法使いが密売業者を片《かた》っ端《ぱし》から捕まえてくれているんですよ」

変わり者の魔法使いは、「撮影の邪魔になるから」と密売業者を捕まえて回っているそうです。

大金が欲しくて炎上商法のための山に入ったなどと仰っていた彼女のことでしょうか。

まったく呆れてしまいますね。

「どこがろくでなしですか」

やはり卑しさと優しさは近い場所にあるようです。

とある写真家の話

旅人としていろいろな国を渡り歩いていると、声を掛けられることがしばしばあります。黒のローブに黒の三角帽子《ぼうし》。星をかたどったブローチ。私の格好《かっこう》はいつも大体そんなもので、見れば見るほど魔女らしい格好であるせいか分かりませんが、唐突《とうとつ》に私に声を掛けてくる人の中には、最初から私が旅の魔女であることを見抜いているもしくはある程度察している方が多いものです。

どれだけ自然に振舞《ふるま》っていても、よそ者とは浮いて見えるものです。

本日の夕食をレストランでひとり満喫《まんきつ》していたときに声を掛けてきた方も、そうでした。

「旅の魔女が一人飲んでいる様子は絵になるね」

それがアルコールだったらもっといいんだけど。と、私の横のテーブルに座る女性は、頰杖《ほおづえ》をつきつつこちらを見つめていました。黒い髪《かみ》が揺《ゆ》れ、黒い瞳《ひとみ》がこちらを覗《のぞ》き込んでいます。

見ると彼女の顔は少し赤らんでいて、テーブルの隅《すみ》っこにはワイングラスが空のまま置かれていました。酔っ払っているようです。

「どうも」

軽く会釈《えしゃく》を返す私でした。

まあ酔っ払いに絡《から》まれることなどはよくあることです。

不思議な女性はそれから私に色々なことを訪ねてきました。故郷《こきょう》はどこなのか、何年くらい旅をしているのか、次はどこの国へ行くつもりなのか。この周辺で綺麗《きれい》な国はないか。

私も退屈《たいくつ》していましたから、彼女の質問には逐一《ちくいち》正直にお答えしました。何ら事情がないときは正直にお答えすべきです。

そして聞かれたからにはこちらも彼女に対しての興味が湧《わ》いてくるもので、

「あなたはどこの国から来たのですか？」

と私は尋《たず》ねました。

「おや私がこの国の出身じゃないと気づいてたか」

「ええ、まあ」

どれだけ自然に振舞っていても、よそ者とは浮いて見えるものです。

彼女はそれから自らのことをぽつりぽつりと明かしました。

職業は写真家であり、国々を渡りながら写真を撮り歩いているそうです。主に動物の写真を撮り、稀《まれ》に生態系の研究に貢献《こうけん》しているとかしていないとか。

今日この国を訪れたのはまったくの偶然《ぐうぜん》。

私の隣《となり》でお酒を飲んでいたのもまったくの偶然。

「運命だね」

ふふふ、と彼女は不敵《ふてき》な笑みを浮かべつつ、私を横目で眺《なが》めます。「よかったら今度写真を撮らせてよ」

「お金とりますよ」

「それはいやだな」

「じゃあ私もいやです」

門前払いです。きっぱりノーをつきつけると、彼女は「旅人だったら撮らせてくれると思ったんだがなぁ」と笑うばかり。

曰《いわ》く、ここらの国ではあまり写真家に対する印象というものがよくないそうで、なかには写真家というだけで嫌疑《けんぎ》の目を向けてくるような国もあるのだとか。

「公国アレサリーなんて国は特に酷《ひど》くてね、どこかの写真家が起こした騒動《そうどう》のせいで、写真家という職業そのものに対する印象がかなり悪いんだ」

「そのようですね」

「おや。ご存じなんだね」

「一か月ほど前に、一度だけ行ったことがありますので」

それはサリオという一人の写真家が起こした騒動でした。

アンジアという生き物が乱獲されている様子を写《うつ》した写真を撮り、彼女は国中にばら撒《ま》いたのです。国の人々はその写真にいたく衝撃《しょうげき》を受けたといいます。

アンジアは公国アレサリーではペットとして愛されている動物でしたから、乱暴に扱《あつか》われている様子はただただ国の人々の気分を害したのです。

そして、写真が広まると、国の人々はあることに気づきます。

その写真はあまりにも近くで正確に撮られている写真であったのです。

サリオという写真家がアンジアを密売している業者と裏で繋《つな》がっているのではないかという噂《うわさ》は、それから間もなく広まり、そして彼女に街の人々からの憎悪《ぞうお》の目が向けられる結果となりました。

「写真家さんは国を追い出されてしまったようですね」

私は数時間程度しか公国アレサリーに滞在していませんので詳しい事情というのは分かりかねますけれども。

少なくとも騒動を起こした写真家さんはもうその国にはいないといいます。

まあ国の人々に顔も名前もさらされ、ひどい騒動を起こしたという事実まで広まってしまっている以上、それまでと同様にのうのうと暮らし続けていくのは難しいでしょう。

「彼女がやったことは正しいと思う?」

隣の写真家さんは尋ねます。

同業者ゆえに気になるのでしょうか。

「さあ?　なんとも言えませんね」私は肩をすくめつつ答えます。「ただ、故郷で騒動を起こしたことに関して後悔はしていないのではないでしょうか」

自身をろくでなしと称《しょう》するような人でしたから。

「おや、例の写真家さんとはお知り合い?」

「一度だけ会ったことがあります」

「どんな人だった?」

「変な人でしたよ」

写真を撮るときだけ性格が変わったり、自身をろくでなしと評《ひょう》しながらも結局は悪いことが見過ごせなかったり、かと思えば自ら偽物《にせもの》の写真を用意して国に騒動を持ち込んだり。目的のためには手段を選ばない貪欲《どんよく》な人でしたね。

「その写真家、今どこにいるか分かる？」

同じ写真家として興味があるのでしょうか。

私の隣の彼女はそのように尋ねます。

けれど私は一度会ったきりで、彼女とはそれからお会いしてはいません。当然ながら今どこにいるのかも分かりませんし、生きているのかすら定かではありません。

ですから、

「さあ？」

と首を振り。

「髪と名前を変えて、ただの写真家として生きることにでもしたんじゃないですか」

などと答えるのみです。

私の目の前、黒い髪の写真家さんは、「なるほどね」とだけ頷《うなず》きます。そうして互いに他愛《たあい》もない話を交わし続けた頃に、ふと私は思いました。

そういえば私も彼女もまだ一度も自らの名前を名乗ってはいませんね。

「そういえば自己紹介がまだだったね――」

きっと彼女もまた私と同じようなことを考えていたのでしょう。

薄く笑《え》みを浮かべると、

「私の名前はカエナ」

よろしくね——と、彼女はこちらに手を伸ばすのです。

カエナさん。

お会いするのは初めてですね。

だから私は彼女の手をとり、応えるのです。

「はじめまして」

あとがき

あとがきに入る前に、まずドラマCD第二弾の時の話から。

第二弾の収録は都内某所《とないぼうしょ》で行われるため、僕《ぼく》と編集さん、あずーる先生の三人は収録前に最寄《もよ》り駅で集合してから現場入りすることにした。

編集さんと気の早い僕は集合時間より少し前に駅へと着いていた。時間までやることもなく、完全に持て余《あま》したため、僕は駅に着いた人々をぼんやり眺《なが》めながらあずーる先生を待っていた。

そんな時である。

（僕と同じ靴《くつ》の人がいる……！）

駅の階段を下りてくる人々の中に、僕とまったく同じ靴を履《は》いている人を見かけた。

数えきれないほどの人が流れる早朝の都内の駅である。星の数ほど種類溢《あふ》れる靴の中で、同じ靴を買う人間は当然いるとしても、はたして全《まった》く同じものを身に着けて同じ時間、同じ駅で巡り会うのはどれほどの確率であろうか。だから僕は運命を感じて、同時に仲間意識を抱いた。何ならもうその場で駆け寄って耳元で「ふふふ、その靴、いいですよね……どこで買いました？　僕は近所のお店で――」と囁《ささや》き靴トークに入りたいくらいだった。別にそんなに靴が好きなわけではないけれどそんなことをしたい気分だった。それほどまでに感動したのだ。星の巡りあわせを感じたのである。

果《は》たして一体どんな人が履いているのだろう？

僕は自らの中に勝手にできあがり膨《ふく》らんだ仲間意識を胸《むね》に、視線を傾《かたむ》け、足元からその男性の顔を見上げた。

「………」

あずーる先生だった。

仲間意識を持つどころか普通に仕事仲間だったね……。

白石《しらいし》びっくりしちゃったよ……。

そんなわけで第二回の収録はお揃《そろ》いの靴で臨《のぞ》んだ。幸いスタッフさんやキャストさんにはばれていなかった。もしかしたら気づいていてあえて触れなかっただけかもしれないけれど。

ちなみに収録後に行われた担当編集、僕、あずーる先生の打ち上げにて、僕とあずーる先生の靴がまったく同じじゆえに、帰り際にどっちがどっちの靴かわかんねえという謎《なぞ》の事案も発生した。

素面《しらふ》のくせにあずーる先生の靴を履いてそのまま帰りかけたことも併記《へいき》しておくことにする。

以上のドラマCD第二弾の際に起こった出来事を踏《ふ》まえたうえで、第三弾の話をしたいと思う。

僕はプライベート用の靴は二足でやりくりしており、一足はあずーるさんと奇跡的に被った靴。そしてもう一足がスエード生地《きじ》のスニーカー（黒）である。あずーるさんと毎回お揃《そろ》いになるとさすがに申し訳ないなと思い、第二弾以降はスニーカーの方を履いていたが、実はスニーカーのほうも出版社の方と被っているということが最近発覚し、もはや逃げ場がないことが明らかになったため、僕はあずーる先生と被っている靴をあえて履いて第三弾の収録に参加することにした。被るの気にするなら別の靴買えばいいじゃんという話なのだけれど買い忘れてたんですよね。

そんなわけで第三弾の収録当日。

第三弾の収録はそのまま現場に直行であり事前の待ち合わせ等はなかった。例の如《ごと》く気の早い僕は近場の喫茶店《きっさてん》で二時間ほどそわそわしたのち現場に入った。

コートを脱《ぬ》いで、座り、一息つく。

靴被りくらい気にするようなことでもない。ただちょっとなんとなく気恥《きは》ずかしいだけである。まあ被っても仕方《しかた》ないよなー、とボンヤリ考えながら待つこと数分。

あずーる先生が現場入り。

僕は立ち上がり、コートを脱ぐあずーる先生にお辞儀《じぎ》をしつつ、

「おはようございますー」

何食わぬ顔で足元を確認する。

その日のあずーる先生の靴は第二弾の時に履いてきたものとは別の靴だった。

靴被り回避である。これならば収録後の飲み会でどっちの靴がどっちのものなのか分からなくなるような事案が発生することはないだろう。

安堵《あんど》しつつ、そして僕は顔を上げる。

ところで話は変わるが、その日の僕の服装はとてもとてもシンプルなものだった。

そしてその日のあずーる先生の服装もまた、シンプルにまとまっていた。

「…………」

要約すると僕とあずーる先生はその日ペアルックだった。

いやぁ第二弾は靴被ったし、またどっかで被っちゃったりするんじゃないかなーハハハなんて思いながら僕は第三弾の収録に臨《のぞ》んだのだけれど、まさか靴以外の全部で被るとは夢にも思うまい。

さすがにほとんど全く同じ格好《かっこう》の人間が二人並んでいればバレるのは必然である。当然ながら僕ら二人の服装については「なんだかペアルックみたいな格好ですね……？」と控《ひか》えめに触れられた。

いや偶然なんですよ。ほんとに。

そんなわけで第三弾の収録時は全く同じ格好の人間が二人並んで挨拶《あいさつ》をするという不思議な光景《こうけい》が繰り広げられたのであった。もはやそんな状況下ではどんな挨拶をしても様になるはずもない。どれだけ言葉を着飾《きかざ》って格好つけても肝心《かんじん》の自分自身を着飾っている服が相棒《あいぼう》と丸被《まるかぶ》りなのである。格好よさより面白《おもしろ》さのほうが遥《はる》かに上回るに決まってる。何なら挨拶もほどほどにそのまま二人で漫才《まんざい》でも披露《ひろう》したほうが幾分《いくぶん》か自然だったくらいだった。

とまあ第三弾の収録はそんな感じに全く同じ服装という不思議な現象に見舞われつつスタートしたのですが、肝心の収録の様子に関しては、本当に楽しかったです。

ここ最近は忙《いそ》しさに時間を奪《うば》われ、なかなか一息つく余裕というものがないのですが、気づけばそんな日常になってしまったわけですが、そんな中でもドラマＣＤの収録で『魔女《まじょ》の旅々《たびたび》』のキャラクター達に息を吹き込んでいる現場に立ち会えるというのは本当に幸《しあわ》せなことです。キャラクター達の新しい一面と出会うことができる素敵《すてき》な機会だと思っています。

第一弾の時は極度《きょくど》の緊張によりキャストさんと目が遭《あ》った瞬間にそのまま死にそうになっていたく

らいですが、最近は幾分《いくぶん》か慣れました。五キロくらい先からなら目が遭っても大丈夫《だいじょうぶ》だと思います。

そんなわけでドラマＣＤ第三弾のお話でした。

ドラマＣＤは各話十数分くらいが丁度《ちょうど》いいんじゃないかなと個人的には思っています。『魔女の旅々』は元々短編ですし、一つのＣＤの中に何話かあるほうが『魔女の旅々』らしいんじゃないかなと思っています（いろいろなキャラクターの掛け合いを書きたいからという理由もありますけど）。

実は第三弾は今までで一番台詞《せりふ》量が多く、「これ、尺《しゃく》大丈夫なのかな……」と思いつつも、「でももう削《けず》るところねえな……」と絶望《ぜつぼう》していたのですが、収まってよかったです。第四弾のドラマＣＤの企画も既《すで》に決まっていますので、次回はもう少し無理のない尺になるように頑張《がんば》りたいです……。

あと次は収録時に誰と何が被るのか戦々恐々《せんせんきょうきょう》としながら服と靴を選ぶことにします。

余談《よだん》ですが最近三足目の靴としてＶＡＮＳのオールドスクールを買いました。ド定番の靴なら被っても「まあド定番だし？　被っても仕方ないよね！　ね！」と、逃げられるんじゃないかなと思ってます。

そんなわけで近況のお話をしたところで、『魔女の旅々』十二巻の各話コメントに入りたいと思います。

各話コメントはがっつりネタバレを含《ふく》んでいますので、未読《みどく》の方は飛ばしてね！

●第一章『とある旅人《たびびと》の話《はなし》』
プロローグ的な話ですね。

『魔女の旅々』のアニメ化が決まったとなって、もしかしたら最新刊から入る人いるのでは？

と編集さんとお話になり、『魔女の旅々』がどのような話なのか、主人公イレイナさんはどんな人なのか、というのをざっくりと語る内容になっています。物語がずっと地続きになっていない点は連作短編のいいところですよね。

●第二章『好都合《こうつごう》な種族《しゅぞく》』

遺伝子《いでんし》は自らのコピーをより多く残すために進化してゆくという話があります。

宿主《しゅくしゅ》の身体や頭の中に取りつき、操《あやつ》る生物やウイルスのことを寄生体《きせいたい》と呼ぶそうなのですが、この寄生体の中には、宿主を死に至《いた》らしめるようなものが多くいます。ハリガネムシは宿主であるコオロギを入水自殺《にゅうすいじさつ》させ、トキソプラズマに寄生されたネズミはネコの尿《にょう》の匂《にお》いを怖《こわ》がらなくなり、あっさり見つかり結果食べられてしまうといいます。ほかにも色々と種類はいますが、大体こんな感じの習性《しゅうせい》を持っているモノが多いと思います。寄生体は自殺や捕食といった方法で宿主を死にいたらしめることで繁殖を行っているのだそうです。たとえば先に上げたトキソプラズマはネコの内臓《ないぞう》で増殖《ぞうしょく》し、糞《ふん》に紛《まぎ》れることで種を増やしているのだそうな。動物にとっての交尾《こうび》や植物にとっての受粉《じゅふん》が寄生体にとっては宿主の殺害だったというだけの話なのでしょうね。

そんなわけで『魔女の旅々』に出てくるダークエルフにとって、人間という種族は実に好都合な種族なのでした。というお話でした。正直この話はずっと書きたくて悶々《もんもん》としていたので、ようやく実現できてほっとしています。

●第三章『三《み》つの国《くに》の話《はなし》：値段《ねだん》の理由《りゆう》』

稀《まれ》に激安《げきやす》の殿堂《でんどう》に行くことがあるのですけれど、たまに商品コンセプトが尖《とが》りすぎて売れなかっ

なのではないでしょうか。ちなみにこういう現象《げんしょう》を認知《にんち》バイアスというそうですよ。

で買ったときも不味《まず》かったのに、適正価格で買ったから美味しいに違いないと思い込んでいるから味しかったはずなのに、魔法が解《と》けたかのように美味しくない。これはひょっとすると、コンビニですけれど、飲んでみると美味《おい》しくないんですよ。コンビニで適正《てきせい》価格で買ったときはもう少し美た飲み物が激安価格で置いてるじゃないですか。僕はわりとそういう尖った飲み物が好きで買うの

●第四章『悪魔《あくま》と退魔師《たいまし》』

嘘《うそ》だと分かっていても楽しめる寛容《かんよう》さがあれば人生はより楽しくなるのだろうなと僕は思うんです。話は変わりますが近頃は技術の発展のせいかあからさまな偽物《にせもの》だとばれやすくなってしまったからでしょうが、以前は心霊《しんれい》ないしホラーの特番《とくばん》が頻繁《ひんぱん》にやっていて、僕が中学生くらいの頃には悪魔祓《ばら》いの番組がやってたんです。椅子《いす》に縛《しば》り付けられた被害者に対して神父《しんぷ》が「名を名乗れ！」と命じると苦しそうな声とともに「る、ルシファー……」と名乗っていました。ルシファーはその後、神父によって普通に退治《たいじ》されてました。まあ……。嘘にも程度ってもんがありますよね……。

●第五章『三つの国の話：人《ひと》が勧《すす》める物《もの》なので』

隣《となり》の芝生《しばふ》は青く見えるなどという話はわざわざ言うまでもないのですけれど、この話は要するにそういう話です。ものすごく久々《ひさびさ》にミナが登場する回となりました。実は五巻以降、登場するタイミングはずっと窺《うかが》っていたのですけれど、なかなか出すことができず七冊ぶりの登場となりました。

●第六章『笑《わら》わないルチル』

笑わない女の子を笑わせるだけの話です。それ以上でもそれ以下でもなく本当にそれだけのお話

なのでした。個人的にはオチ部分が気に入っています。ゲストキャラでまともに語ることのないキャラを書いたのは初めてな気がしますね……。（クチナシさん等の文字で喋《しゃべ》る系のキャラ除《のぞ》いて）

●第七章『三つの国の話：価値《かち》ある物の物語』

要所《ようしょ》要所で登場するほうきさん。

話は変わりますが、超高額でありながら医学的根拠《こんきょ》が全くないがん治療《ちりょう》というものが世の中にはあるそうですが、不思議とこういった治療法を求める人は大勢いるそうです。三つの国の話の『値段の理由』の話でも軽く触れましたが、値段が高いと不思議と魔法にかかったかのように効き目があるように感じられてしまうものなのかもしれません。実際には値段が安い正式な治療法というのは広く多くの人を救うために研究者の方々が日夜努力《にちやどりょく》した成果なので、効果が薄《うす》いから安いわけじゃないいんですよ、と以前読んだ記事に書いてありました。へえーと思いましたね。

三つの国の話は大体そのへんの値段の変化を題材《だいざい》にした話であり、三話で一章となっています。ちなみに国の名前がＡＢＣ（仮称《かしょう》）になっているのは分かりやすさ重視のためです。国の名前つけてもよかったんですけど話の関連性が分かりづらくなりそうだったので。

●第八章『ろくでなしのサリオ』

悪人《あくにん》は一方から見ると悪人で、しかしもう一方の方向から見るといい人になると思っています。そういった話は何度となくやっている気がします。心の底から邪悪《じゃあく》に染《そ》まりきった人間というモノに遭遇《そうぐう》したことがありません。見方一つで世の中も人も幾《いく》らでも悪くなるしよくもなるのだから、何もかも嫌《いや》だと思ってしまうのはよくない気がします。しかしそんなこと分かりきっていても、嫌だ嫌だと思ってしまう日だってあるものです。人間だもの。そんなときは遠出《とおで》して現実逃避《げんじつとうひ》すると少しだけ気が楽になるのでおすすめです。

●第九章『とある写真家《しゃしんか》の話』

サリオの話のエピローグですね。本当は八章の中で完結させたかったのですけれど、どうしても八章が時系列をあちこち飛び回る話だったので、やむなくエピローグまで足を延《の》ばしてしまいました。

そんなわけで『魔女の旅々』十二巻でした。

今回あとがきに十ページもらったので、近頃語れていなかったアレコレをここにぶちこませていただきました。またいずれあとがきにページ数を貰《もら》えたら延々《えんえん》とガタガタと無駄話《むだばなし》をぬかしつつページの許す限り各話コメントをぶち込みたいと思っていますので、今後もよろしくお願いします。

それと、これからアニメ版『魔女の旅々』に関して徐々《じょじょ》に情報公開されていくところだと思いますので、これからも随時《ずいじ》情報チェックをよろしくどうぞ！　公式ツイッターもあるよ！

そんなわけでそろそろ謝辞《しゃじ》に入りたいと思います。

担当編集M様。

いつもありがとうございます。次回こそ早めに原稿《げんこう》上げたいといつも思ってはいるんです……。

あずーる先生。

いつも可愛《かわい》いイラストありがとうございます。特装版の表紙特に最高でした（全部最高でしたけど！）今度から収録に着ていく服は事前に告知しますね……。

七緒一綺《ななおいつき》先生。

素敵なコミカライズをいつもありがとうございます。コミカライズにてイレイナさんの色々な表情を見ることができるのは本当に幸せです。

ドラマＣＤに携《たずさ》わっていただいたスタッフの皆《みな》さん。

この度はありがとうございました。現場にて初めてお会いした際に脚本《きゃくほん》を面白《おもしろ》いと言って頂けてとても嬉《うれ》しかったです。第四弾でも是非《ぜひ》よろしくお願いします。

ドラマＣＤに携わっていただいたキャストの皆さん。

イレイナとフラン先生のやりとりも、アムネシアとアヴィリアの姉妹の掛け合いも、サヤとシーラ先生が行う取り調べも、フラン先生によるナレーションも、どれも何度聴《き》いても面白かったです。こんなに凄《すご》い人たちに演《えん》じてもらって僕は幸せだなぁといつも思いながら収録を聞かせて頂いています。第四弾でもよろしくお願いします。

アニメに携わっていただいているスタッフの皆さん。

なかなかお会いできる機会がなく申し訳ありません。美麗《びれい》な美術設定《びじゅつせってい》やキャラクター設定等、原作でもまだ絵がついていなかった部分が色づいていく度に感動しています。ありがとうございます。

そんなわけで『魔女の旅々』はまだまだ続いていきますので、これからも変わらず応援《おうえん》していただけると嬉しいです。

アニメの方も楽しみですね。

それでは、次は十三巻でお会いしましょう！　ではでは。

GAノベル

魔女《まじょ》の旅々《たびたび》 12

2020年4月30日　初版第一刷発行
2020年11月30日　第四刷発行

著者　白石定規
発行人　小川 淳
発行所　SBクリエイティブ株式会社
〒106-0032　東京都港区六本木2-4-5
03-5549-1201　03-5549-1167（編集）

装丁　AFTERGLOW
印刷・製本　中央精版印刷株式会社

ISBN978-4-8156-0377-9
Printed in Japan

ファンレター、作品のご感想をお待ちしております。

〒106-0032　東京都港区六本木 2-4-5
SBクリエイティブ株式会社
GA文庫編集部 気付

「白石定規先生」係
「あずーる先生」係

本書に関するご意見・ご感想は
下のQRコードよりお寄せください。
※アクセスの際に発生する通信費等はご負担ください。

https://ga.sbcr.jp/